新 潮 文 庫

少しぐらいの嘘は大目に

向田邦子の言葉

向田邦子著
碓井広義編

新 潮 社 版

11428

はじめに

向田邦子の書いたものが、なぜ今でも読まれているのだろう。

昭和はもちろん平成も超えた今年、令和三年で没後四十年を迎えるのに、である。

確かに彼女は劇的な人生を生きた。十五歳で太平洋戦争の終戦を迎え、学校を出たら結婚して専業主婦になるのが珍しくない時代にキャリアウーマンの先駆けとして働き始め、雑誌の編集者を経て脚本家となった。テレビやラジオドラマの脚本家だ。

その駆け出しの脚本家の担当作が大喜劇人であり、大俳優であった森繁久彌《もりしげひさや》に認められたこともあったろう。彼女は見る見る売れっ子となった。当時は女性脚本家など数えるほどしかいなかった時代だ。

乳がんを患《わずら》い、その後遺症と闘いながらエッセイストとしても活躍するようになった彼女は連載を抱え、書籍も次々に刊行。本業であるドラマの脚本も書きながらだから猛烈に忙しかったはずだが、さらに小説を書き始めた。しかも、その分野でもめきめきと才能を発揮する。なんと、『小説新潮』という小説誌で連作短編の連載中に、つまりまだ小説が単行本にもなっていないのに、直木賞という大きな文学賞を受賞するのだ。文学から政治まで、辛辣《しんらつ》な言辞を吐くことで知られるご意見番、山本夏彦が評した「突然あらわれてほとんど名人」という言葉に、彼女の才能への賞賛と驚きが端的に表われている。

人気ドラマ脚本家であり、名エッセイスト、そして直木賞受賞作家。だが、ご存知のように、向田邦子はその才能の発露の頂点とも言うべき時期に、突然われわれの前から姿を消してしまう。昭和五十六年（一九八一）、取材旅行中の台湾で、航空機の墜落事故に巻き込まれたのだ。享年《きょうねん》五十一。「劇的」とも評したくなってくる。

書かれたものが遺《のこ》るのはわかる。しかし、彼女のドラマ作品は、当然のことながら今から四十年以上前のものだ。今では、見たことのない人の方が多いだろう。それでも、各テレビ局のアーカイブで見ることが可能だったり、リメイクされたり、書籍の形で読み継がれている。

小林亜星演じる昭和のガンコ親父《おやじ》を中心に据え、家族の問題を喜劇的に描くホームドラマでありながら、しかし人生の深淵《しんえん》をそこここにのぞかせた『寺内貫太郎一家』（一九七四、TBS）は平均視聴率が三十％を超えた（今のドラマでは考えられない数字だ）。

いしだあゆみらが演じる四姉妹の日常を描くホームドラマに見えて、やがて彼女たちの父の愛人発覚から、嫉妬《しっと》をめぐる男と女のあり方にまで踏み込んだ傑作『阿修羅《あしゅら》のごとく』（一九七九、NHK）は、高い評価を得て続編（一九八〇）が作られた。のちには舞台化、映画化もされ、今でも根強い人気を誇っている（NHKオンデマンドで見ることができる）。

テレビドラマ史に残る作品と言っていい名作で、やはり続編が制作された『あ・うん』（一九八〇、NHK）は、戦友二人と、その一方の妻の三人の不思議な均衡の中で過ぎていく日々を描いた作品だが、これものちに映画化され、TBSで再度ドラマ化されている。同名小説は向田唯一《ゆいいつ》の長編作品だが、ロングセラーだ。

私はもともとテレビマンだ。上智大学教授としてドラマなどメディア文化を研究していた人のように世間には映っているかもしれないが、それ以前は二十年以上、「テレビマンユニオン」という制作会社でプロデューサーとして、ドキュメンタリーやドラマの制作に携わっていた人間だ。毎シーズンごとに各局のドラマをチェックし、どんな俳優やスタッフがどんな仕事をしているか、制作者としての目線、研究者としての目線、双方から見続けてきた人間も世の中にはそう多くはないかもしれない。

そんな私にとって、「三大脚本家」と言えば倉本聰《そう》、山田太一、向田邦子だ。ほぼ同時代に生きたこともあったろう。作品に衝撃を受けた年齢も関係があるかもしれない。だが、どのような理由にせよ、この三人の作品をさまざまな角度から追い続けてきたことには自負がある。そして中でも向田邦子については、あまりに早い死によって、一緒に仕事をすることも叶《かな》わなかった強烈な憧憬《しょうけい》が私の中に居座り続けている。ユーモアの向こうにある、心を揺さぶる言葉の数々。比喩《ひゆ》の巧みさとその重層性。達意でありながらしなやかな文章そのものの魅力。

本書の刊行が向田邦子の没後四十年にあたったのは偶然である。向田邦子の言葉の数々を直接読者に伝えることで、今では国語教科書にも載っている向田邦子作品の魅力がいったいどこにあるのか、自然に伝わるのではないか、というのが本書の目的であり、冒頭の問いへの私なりの答である。

第一章では、向田作品に見る「男と女」を扱おうと思う。

第二章では、家族を。

第三章では、向田作品における生と死を。

第四章では、向田邦子自身が語る向田邦子。

第五章では、仕事について。

そして第六章では、向田邦子が愛してやまなかったものたちについて取り上げることで、向田邦子の世界の一端を紹介し、人となりを感じるようすがとし、作品の豊かさがどこから由来しているのか、示せる一冊となっていればと願っている。

選んだのは向田の書籍化されているすべての「小説」、「エッセイ」、「脚本」からである（対談や手紙などは含んでいない）。向田自身の「創作物」であること、多数の人々の目に触れる「作品」であることを重視した。今では図書館でしか読めないものも含むが、ここに掲載された全作品は実際に読むことが可能である。

言葉の数は三百七十余となった。すべての作品を読み直しながら意識したのは、どんなに世の中が変わろうと、時間の篩《ふるい》に掛けられようと、輝きを失わない「普遍性のある言葉」であることだ。人間を、男と女を、そして親と子を見つめ続けた、向田の時代を超える「まなざし」が伝われればと思う。

それぞれの言葉の出典や意味合いなどの情報部分は最小限にとどめた。出来るだけ自由に「向田邦子の言葉」と向き合い、味わってほしいと考えたからだ。オリジナルを読みたくなったら、巻末の資料一覧を参照していただきたい。

本を読むことは、書いた人間の「話を聞く」ことだと私は思っている。著者の生死は無関係、ページを開けばいつでもそこに向田邦子がいる——そんな一冊を目指した。本書をきっかけに、あらためて豊饒《ほうじょう》なる「向田邦子の世界」に目を向けていただけたら、編者としてそれ以上の喜びはない。

碓井　広義

目次

はじめに　3

第一章　男と女の風景――見栄はらないような女は、女じゃないよ　15
1　女のはなしには省略がない――女というもの　20
2　男は、どんなしぐさをしても、男なのだ――男というもの　34
3　それじゃ、しあわせ、摑めないよ――男と女　41
4　恋をすると、人は正気でなくなります――恋愛とは　50
5　あんな声で呼ばれたこと、一度もなかった――道ならぬ恋　58

第二章　家族の風景――どこのうちだって、ヤブ突つきゃヘビの一匹や二匹　67
1　結婚てのは七年じゃ駄目なのねえ――結婚　72
2　世の中、そんな綺麗ごとじゃないんだよ――夫婦　81
3　お父さん、謝ってるつもりなのよ――親と子　91
4　ヨメにゆくと姉妹は他人のはじまりか――姉と妹（弟）　97

5 完全な家庭というものもあるはずがない――家族 103

第三章 生きるということ――七転八倒して迷いなさい 109
1 判らないところがいいんじゃないの――人間と人生と 114
2 物がおいしい間は、死んじゃつまりませんよ――老いと死と 125
3 昔の女は、忙しかったものねえ――むかしの人と暮し 131
4 事件の方が、人間を選ぶのである――日常という冒険 138

第四章 自身を語る――私は極めて現実的な欲望の強い人間です 149
1 それが父の詫び状であった――父と母のこと 153
2 昔のセーラー服は、いつも衿が光っていた――少女時代のこと 158
3 私は「清貧」ということばが嫌いです――「わたし」のこと 165
4 私の勝負服は地味である――わたしの暮し 172

第五章　向田邦子の「仕事」――嘘をお楽しみになりませんか？　185
1　楽しんでいないと、顔つきがけわしくなる――仕事とわたし　189
2　どれだけその人間になりきることができるか――ドラマを書く　192
第六章　食と猫と旅と――好きなものは好きなのだから仕方がない　201
1　「う」は、うまいものの略である――食　207
2　甘えあって暮しながら、油断は出来ない――猫　223
3　帰り道は旅のお釣りである――旅　226
おわりに　230
主要ドラマ一覧　235
資料書籍一覧　241

少しぐらいの嘘は大目に

向田邦子の言葉

第一章　男と女の風景――見栄はらないような女は、女じゃないよ

この章では、向田邦子の作品から「男と女」にまつわる言葉を引く。

向田自身は生涯独身だったし、自分の恋愛について告白的に言及することもなかった。

だが、向田作品内では「男と女」は重要なテーマであり続けた。登場人物の来し方、現在のあり方が読む者の中に自然と立ち上がってくる筆力と、そこからうかがわれる男女の機微への彼女の深い洞察力には、きっとはっとさせられることが何度もあるはずだ。

まずは彼女がデビューするまでの軌跡を追うところから始めよう。

向田邦子は昭和四年（一九二九）十一月に東京の世田谷で生まれた。七歳だった昭和十二年（一九三七）に日中戦争がはじまり、十二歳で太平洋戦争が勃発《ぼっぱつ》する。昭和二十年（一九四五）の敗戦時には十五歳。目黒高等女学校の生徒だった。戦前の日本と日本人の暮しを知っていたことが、向田のその後の脚本、エッセイ、小説などの作品に大きな影響を及ぼしていることは、本書で引用した数々の言葉からもうかがえるはずだ。

昭和二十五年（一九五〇）に実践女子専門学校（実践女子大学の前身）を卒業すると、財政文化社に入って社長秘書を務める。四谷にあった財政文化社というのは教育映画を作る会社だったようだが、今ではよくわからない。二年後には出版社の雄鶏社《おんどりしゃ》に編集者として入社。洋画雑誌「映画ストーリー」に九年近く携わった。学校卒業と同時に家庭に入る女性も珍しくなかった時代に、向田は現在の「働く女性」の先駆けだった。

この頃、日本でもテレビ放送が始まっている。正確には昭和二十八年（一九五三）のことだ。ドラマもテレビの放送開始当時から制作されており、テレビと同じ約七十年の歴史を持つ。向田が会社に在籍したまま、テレビドラマの世界へと足を踏み入れるのはテレビ放送が始まって五年後、一九五八年のことだ。デビュー作は日本初の刑事ドラマ『ダイヤル１１０番』（日本テレビ）の中の一本で、服部弘との共作だった。ドラマの書き手がまだ不足していた時代に、知り合いの新聞記者が誘ってくれたのだ。

この時の原稿料は八千円から一万二千円で、雄鶏社の給与よりも高かった。

その後、雄鶏社を退社。フリーとなり、昭和三十七年（一九六二）、自身初のラジオドラマとなる『森繁の重役読本』（TBS）に参加する。この番組は当時、芸能の世界で絶大な支持を得ていた喜劇俳優の森繁久彌が、ちょっと切ない中年男の本音と建て前をペーソス溢《あふ》れる口調で語る人気番組だった。練達の文章家としても知られていた森繁が、後にこの番組の脚本について、こう評している。「昔の日常茶飯を記憶していて、巧みな比喩《ひゆ》、上質のユーモアを交じえて再現してみせる」。

森繁に文才を認められたことは大きかった。御大・森繁に通用する書き手として、テレビドラマの制作陣が目を付けたのだ。森繁主演のテレビドラマ『七人の孫』（源氏鶏太《けいた》原作、一九六四、一九六五〜六六、TBS）の脚本家の一人に抜擢《ばってき》されることになる。

向田作品を読みながら感心するのは、自身を含む女性だけでなく、異性である男性に対しても透徹した目を持っていたことだ。男女それぞれの愛すべき面とその反面、その両面を熟知した「人間通」と言ってもいい向田は、時に滑稽《こっけい》に、時に辛辣《しんらつ》に、男の愚かさ、可愛《かわい》らしさを描いてみせる。これだけ男性というものを理解した女性が素直に愛せる男性、伴侶《はんりょ》として認められる男性など存在するのだろうか、と思うほどだ。

だが実は、向田邦子には結婚に到《いた》らなかった「秘めたる恋」があった。向田の没後に妹の和子が上梓《じょうし》した『向田邦子の恋文』で明かされるのは、彼女が黙して語らなかった男女の姿だ。

向田は二十代の頃、気に入った手袋がないのなら、いや、気に入らない手袋をするくらいなら、手袋などしないで寒さに耐えた方がいい、と思ったそうだ。彼女の人となりを考えるとき、なるほど、と思わされるエピソードである。

「秘めたる恋」とその喪失を経た向田は、「結婚しないこと」を選んだのではなく、「一人で生きること」を決めたのではないか。判明している「本格的な恋」はこの時だけである。恋愛自体を封印したのかどうかはともかく、亡《な》くなったその男性に殉じたようにも見えるのだ。まさに一種の覚悟であり、その後の作品における「男と女」についての表現をより深め、向田作品にやがて凄《すご》みさえ漂うほどの迫力をもたらし、そうしたことが可能になるほどの作家の高い境地へと到らしめたのかもしれない。

1　女のはなしには省略がない――女というもの

女にとって髪をとかすことは、涙であり溜息《ためいき》の代償である。

「男性鑑賞法」（『眠る盃《さかずき》』）

パックをしている時だけは、女は鏡を見ない。その代りに、心の目を開き、わが心の中のうぬぼれ鏡を見ているのである。

「パックの心理学」（『眠る盃』）

私は失格だが、博奕《ばくち》打ちとしては女のほうがすぐれているのではないだろうか。この男、と見込んで一生をゆだねるのは、まさに一六勝負である。

「白か黒か」（『無名仮名人名簿』）

人生到るところ浮気ありという気がする。

女が、デパートで、買うつもりもあまりない洋服を試着してみるのも一種の浮気である。

インスタント・ラーメンや洗剤の銘柄を替えるのも浮気である。テレビのチャンネルをひねると、CMというかたちで主婦に浮気をすすめている。

こういう小さな浮気をすることで、女は自分でも気がつかない毎日の暮しの憂《う》さばらしをしている。ミニサイズの浮気である。このおかげで大きい本ものの浮気をしないで済む数は案外に多いのではないだろうか。

「浮気」(『霊長類ヒト科動物図鑑』)

女が地図を書けないということは、女は戦争が出来ないということである。

「女地図」(『霊長類ヒト科動物図鑑』)

女のはなしには省略がない。

「桃太郎の責任」(『女の人差し指』)

私の身近な例でいうのだが、大きなバッグを持って、一切合財《いっさいがっさい》抱えて歩く人は長女が多い。

ハンカチ持たずちり紙持たず、せいぜい口紅一本と小銭ぐらいで、イザとなったら誰かに借りるわ、という超小型バッグのひとは末っ子タイプ、少なくとも長女ではないような気がする。

「ハンドバッグ」(『女の人差し指』)

身のまわりの年よりも若々しくみえる素直な友人たちを見廻して気がつくことは、彼女たちが、みな、悲観論者ではない、ということです。

「若々しい女《ひと》について」(『男《お》どき女《め》どき』)

「痛いってのは生きてる証拠だよ。ああ、よかった。おやじだっておふくろだって、家中で直子さんのこと心配してるじゃないか。その気持考えたら、死ぬなんてこと」

「女は——女は、そんなものじゃ生きられないのよ」

直子は、低い声で呟《つぶや》いた。

「そんなもの、何の支えになるの。それよか一人の男が……一緒に暮そう、そう言ってくれるほうが——いつもそばにいて、暑いわねえっていったら、暑いね、って言ってくれる……それだけで女は、生きてゆけるのよ」

小説『寺内貫太郎一家』

宅次や親戚《しんせき》の女たちと出かけるときは、格別胸元を取りつくろうことをしないが、よく見られたいときは、胸をぐっと押上げるような着付けをする。

「かわうそ」(『思い出トランプ』)

「もう来ないと思ったわ」

二人だけのときに、直子は思い切って言ってみた。

「どうして」

「だって……あたし、見栄はったから」

「見栄はらないような女は、女じゃないよ」

「春が来た」(『隣りの女』)

胡桃《くるみ》割る胡桃のなかに使はぬ部屋*
いつどこで目にしたのか忘れたが、桃子はこんな俳句を読んだ覚えがある。たしか詠《よ》み人知らずとなっていたが、気持の隅に引っかかっていたのであろう。
甘えも嫉妬《しっと》も人一倍強いのに、そんなもの生れつき持ち合わせていませんという顔をしていた。だが、薄い膜一枚向うに、自分でも気のつかない、本当の気持が住んでいた。今から気がついてももう遅いのだろうか。実りはもうないのだろうか。渋皮に包まれた、白く脂《あぶら》っぽい胡桃の実は、母の衿足《えりあし》である。

父が家を出ることをしなかったら、母は痩《や》せたギスギスした女として一生を終ったに違いない。ふっくらと肥《ふと》って、いそいそと父に逢《あ》いに出かけていた母は、いま使わぬ部屋に新しく足を踏み込んでいる。

＊作者は鷹羽狩行《たかはしゅぎょう》氏

「胡桃の部屋」（『隣りの女』）

ミシンは正直である。

機械の癖に、ミシンを掛ける女よりも率直に女の気持をしゃべってしまう。

「隣りの女」（『隣りの女』）

はじめて見る実物の自由の女神は思ったよりけわしい顔をしていた。

「あれ、何を持っているの」

「右手はタイマツ。左手は独立宣言書だったかな」

「自由と独立……」

「女はそういうことば、好きだね」

「持っていないからよ、女は。結婚したら二つとも無くなってしまうもの。人を好きになっちゃいけないのよ。恋をするのも罪なのよ。昔は殺されたわけでしょ。結婚した女は死ぬ覚悟で恋をしたのよ」

「隣りの女」（『隣りの女』）

仙吉とふたりのときのたみは、暮しに追われる三十九歳の主婦である。門倉とふたりだけでならんで坐《すわ》っていたときは、学校の先生みたいにみえた。いま、ふたりの男の間にいて、ゆったりとうちわの風を送るたみは、別の女のようにみずみずしくみえる。たみは、汗っかきの仙吉をあおぎ、三度に一度の割合いで門倉にも風を送っていた。

小説『あ・うん』

源氏「あなたはお若い」
御息所《みやすどころ》「本当に若い姫には、お若いとはおっしゃらないでしょ」
源氏「そう言えば（笑って）その通りだ」
御息所「（これもおかしそうに笑って）女は本当のことを言って心をゆるして下さる方が、飾ったことばより、うれしいものです」

『源氏物語』

夕顔「しあわせな時は、まばたきひとつが、一年に思えます」

『源氏物語』

朧月夜《おぼろづくよ》「女ってずるいんですよ。おなかの中じゃ、あたくしと同じこと考えている
くせに、そんなこと思ってもみません、なんて顔してるんですもの」
源氏「どんなことを考えておられる？」
朧月夜「どんなことって——一日のうち、半分以上は男の人のこと、考えていて
——」　『源氏物語』

三の宮「一本の木に、沢山の花が咲くでしょう。花は不満ではないのかしら。沢山
の中のひとつだなんて」
源氏「そういうことを考えず、無心に咲くから花は美しいのではないかな」
三の宮「私だったら、せめて一番先に散りたいわ。まだ誰も汚していない黒いしめ
った地面に、一番先に」　『源氏物語』

さと子の声「母の目の中に、今までにないものを見ました。子供だと思っていたの
が女になっていたという、かすかな狼狽《ろうばい》。ほんの少しの意地悪さ。
お母さんと同じプラトニック・ラブなんだから、と言いたい気持でした。
小走りにいった母の足音と声に、父への媚《こ》びを感じました」　『あ・うん』

さと子の声「門倉のおじさんが一人加わると、いつもはくすんでいる柱が、つやがまして見えます。80ワットの電球も明るくなった気がします。父は男らしく、母は女らしく、生き生きとして見えます。わたしも、とても幸せな気分になります」　『続あ・うん』

たみ子「そんなもんじゃないのよ、男と女なんて。好きなら好きな分だけ相手が憎くって、……憎み切れりゃまだ楽だけど、そうはゆくもんじゃないから……もう胸ン中が煮えくりかえって……それもねえ、恋人のうちならまだやり直しが出来るでしょうよ。でもねえ、結婚してからだったら、女はもう……」　『じゃがいも』

久米「女はあんまり謝っちゃダメよ」　『だいこんの花』

忠臣「そういってしまえば実もフタもないけどね、死んだ母さんなんてのは、新婚の時代でもだな、つつましいというか、恥じらいがあったねえ。人前では、毅然《きぜん》として甘ったれた声なんかは決して出さなかったねえ」
誠「そういうのは、今は流行じゃないの」
忠臣「『はやりすたり』じゃありませんよ。それが日本の女の……」

『だいこんの花』

サチ子「ああいうの、色っぽい目っていうのねえ」
よね、笑って、
よね「素人《しろうと》の奥さんがやったって駄目よ」
サチ子「どこが駄目なんだろ」
よね「ご主人に食べさせてもらってるひとはね、モトのところが違うの」

『隣りの女——現代西鶴物語』

かね子「そう簡単に諦《あきら》めないと思うな。あたしは」
修司「——」
かね子「女って、そういうもんよ」

『蛇蝎《だかつ》のごとく』

泉「（のみながら）週刊誌でよんだんですけどね、女の子がアパートさがすでしょ、大抵、好きな人の来やすいとこにしてるもんだって――のりかえなくて、スーとこられるとこ――自分じゃ気がついてなくとも、深層心理で、そうなんですって――」

『家族熱』

朋子（N）＊「封筒に表と裏があるように、女にも表と裏がある。表が本当の姿なのに、女は化粧をした顔を素顔だと思って生きている」＊Nはナレーション

『家族熱』

杉男「あの年で、新しいとこ入ったって、うまくいかないって」

朋子「そんなことないわよ。いくつになったって、女ってのは順応性がでるのよ」

『家族熱』

泉「女って凄いでしょ、必死になると、どんな恥かしいことでも出来るのよ」

『家族熱』

朋子（N）「不幸も幸せと同じように、女を酔わせるものがある」　『家族熱』

日出子「わたし、加代って人の気持、判るような気がする――」
菊男「――」
日出子「――めぐり合わせが悪くて、なにやってもうまくいかない、家族は足引っぱるし、恋人には裏切られるし、もう、生きてるの、いやになって、ボンヤリしてるときに『よしよし』って、背中さすってくれる人がいたら、――いろんなこと忘れて、とにかく今日一日、誰かを信じて安らかに暮したい。そう思ったのよ」
菊男「――」
日出子「五年先、十年先のことなんかどうでもよかったのよ。年の差とか、結婚とか――将来よりも、今日一日のしあわせが欲しかったのよ」　『冬の運動会』

ねね「私という女房がありながら――生涯に女はねね一人だといった口の下から――ウソツキ！」

藤吉郎「ウソではない、女はねね一人、あの女たちは――オレにとっては、馬――馬みたいなものよ」
ねね「（小さく）女たち――でも馬は一頭あれば、いくさの役には立ちましょうに――（皮肉）」
藤吉郎「男というものは因果なもんでなあ、栗毛《くりげ》もいい、アシ毛も面白い、白馬も美しい、黒駒《くろこま》も――見ればつい手が出てなあ、その」
ねね「（静かに）あなたの馬は、――何頭ですか」
藤吉郎「――ウーン」　『亭主の好きな柿8年』
踏子（N）「太一郎兄ちゃんは、もう成田を出発した頃です。ひとりは、大きな傷だらけのよそゆきの幸福です。ひとりは、ささやかな、だけど、ミッチリと実のつまった素顔の幸福です。素顔の幸福は、しみもあれば涙の痕《あと》もあります。思いがけない片隅に、不幸のなかに転がっています。屑ダイヤより小さいそれに気がついて掌《てのひら》にすくい上げることの出来る人を、幸福というのかもしれません」　『幸福』

巻子「あなたが減量してるの、辛《つら》くて見てられないからって、この子も、この二、三日満足に物食べてないんですよ」
陣内「そんなことは誰も頼みゃしないですよ。オレに気使わないで、食いたいもの、食えっていつも言ってるだろ」
巻子「――女は、それ出来ないのよ。見てないところで食べりゃいいだろうと思うでしょうけど、それも出来ないのよ」　『阿修羅のごとく』
巻子「――前に、姉がふっと言ったことがあるんです。
　ひとのお葬式から帰って、うちへ入るときがとても嫌だって。お浄《きよ》めのお塩、誰も撒《ま》いてくれる人がいないから、出かける前に玄関のところへ、小皿にのせて――お塩置いとくんですって。ドアの戸あけて、うちの中に体入れないようにして、自分でパアって自分にふりかけるの、さびしいもんよって」
豊子「――さびしくない人って居るのかしら」
巻子「――」
豊子「そりゃ一人はさびしいでしょうよ。でも、二人でいると思ったら、一人ぼ

『阿修羅のごとく』

っちだったたって方がもっとさびしいわ」

せい子「――今晩、お通夜《つや》してる人――二十八年前に、あたしに結婚申し込んだひとなんですよ」

鯛子「――――」

せい子「お金もあったし、男としての運もあるように見えたわねえ、それにくらべて、お父ちゃんは、職もなし、お金もなし。でも、道でパッと逢ったりすると、あたし、うれしくて、背中がスーと、アワ立つんですよ」

鯛子「――あ、アタシも――」

せい子「――南さん？」

鯛子「（うなずく）」

せい子「あたしね、背中で決めたの――よかったと思ってるんですよ」

『せい子宙太郎〜忍宿借夫婦巷談《しのぶやどかりめおとこうだん》』

2　男は、どんなしぐさをしても、男なのだ——男というもの

男は、どんなしぐさをしても、男なのだ。身をほじくり返し、魚を丁寧に食べようと、ウフフと笑おうと、男に生れついたのなら男じゃないか。男に生れているのに、更にわざわざ、男らしく振舞わなくてもいいのになあ、と思っていた。

その方が市ヶ谷で、女には絶対に出来ない、極めて男らしい亡くなり方をしたとき、私は、豪快に召し上ったらしい魚のこと、笑い方のことが頭に浮かんだ。

「骨」（『女の人差し指』）

羞恥心《しゅうち》を持っていることを相手にさとられるのがいたたまれないほど恥ずかしく、わざと恥知らずに振舞う傷つきやすい男を、私はほかにも知っている。

こういう男は、恋人にも女房にも、いや自分自身にすら本心を見せないものだ。だ

から言葉通りに受取っていると、ときどき大きくアテがはずれる。

「男性鑑賞法」（『眠る盃』）

「奢《おご》る人間より奢られる人間のほうが辛いんだ。辛いけど、その辛さをあいつは判ってると思えばこそ、おれは奢られていたんだぞ」　小説『あ・うん』

仙吉「門倉は、やっぱり男が欲しいだろうなあ」
禮子「口に出しちゃ言いませんけどね」
たみ「門倉さん、やさしいから。女は困るのよ。男生めっていわれたって。おみおつけの実じゃないんだから大根にしろ、若布《わかめ》にしろ、言われた通り、はいってわけにゃいかないわよ」
禮子「ほんと――」
仙吉「門倉、かわいがるよオ。男でも女でもさ。あいつ一日中、これ（抱っこ）で、会社行かないんじゃないのかねえ」　『あ・うん』

さと子の声「門倉のおじさんの一番の幸せは母に叱《しか》られることなのです。母に叱言《こごと》をいわれると、憧《あこが》れている女の先生に叱られた、小学校一年生の男の子みたいな顔をします」

『続あ・うん』

――ははあ、それでよめました。

重役さんが、料亭やらなにやら、タタミのあるところにいきたがるわけがねえ。決して、美人のお酌で酒が飲みたいわけではない。脇息《きょうそく》がわりに、かたわらの女性にしなだれかかりたいわけではない。

ただただ、昔なつかしいタタミの上に、あぐらをかきたいからなんですね。

『森繁の重役読本』

好きなもの

義理人情。日本晴れ。富士山。子供。「勘太郎月夜唄」。赤飯。

嫌いなもの

嘘《うそ》。不作法。おべんちゃら。蜘蛛《くも》とネズミ。ウーマン・リブ。つけまつ毛。

小説『寺内貫太郎一家』

貫太郎は「しきたり」にうるさい人間である。

何をするにも家長である貫太郎が一番先。次が長男の周平、祖母のきん、三番目が女房の里子で次が長女の静江、手伝いのミヨちゃんはいつもビリッケツだ。食卓について箸《はし》を取るのも、新聞や風呂《ふろ》の順番も、こうでないと機嫌が悪い。

小説『寺内貫太郎一家』

里子「お父さん、ないんですか」

貫太郎「なにが……」

里子「若い時ですよ。年上の女の人に夢中になったこと……」

貫太郎「ないよ！」

里子「本当に？　本当にないかしら」

貫太郎「うむ」

里子「あるでしょ？」

貫太郎「そういやあ、小学校の時」

里子「女の先生でしょ」

貫太郎「うむ」

里子「キレイな人でした？」
貫太郎「世の中にこんなキレイな女の人がいるか、と思ったけどなあ。何かの時に、ションベンする音きいて……」
里子「……今は、なつかしい思い出でしょ？」
貫太郎「……」
里子「みんなそうなんですよ」
貫太郎「フン！」

『寺内貫太郎一家』

大体、五十を越えた男で、毎朝希望に満ちて目を開く人間がいるのだろうか。
もっとも、目を閉じたところで、若いときのようないい夢は滅多に見られなくなっている。そのへんを胡魔化《ごまか》すのに煙草《たばこ》は便利だった。やめるのは酒にして、煙草は本数を減らすだけにすればよかった。

「酸っぱい家族」（『思い出トランプ』）

忠臣「会社、休むの」
誠「うむ。熱があってフラフラしてたんじゃあ、行ってもしょうがないしさ」
忠臣「しょうがないってこたァないだろ」

誠「え?」
忠臣「サラリーマンというものは、毎日出勤することに意義があるんじゃあないのかね」　『だいこんの花』
修司「同じ虫、飼ってんなら、やるほうが、みごとだよ。オレ、アンタの相手が自分の娘でなきゃ、オレ、アンタ、許したね。オスとしちゃ、アンタの方が上だ」
石沢「いや、ちがうな」
修司「――」
石沢「オレは、アンタを軽ベツしてたよ。イクジナシの体裁屋だと思ってさ。そうじゃないんだよ。己れの中のムシ、押さえて、押さえながら生きるのは、こりゃ立派な男の生き方ですよ」　『蛇蠍のごとく』
修司「だましてるじゃないか」
石沢「だましてはいない。惚《ほ》れただけですよ」
修司「カッコのいいこと、言うな。

惚れたら惚れたでやり方、あるだろ。ほんとに惚れたんなら、相手の幸せ、考えるのが、男じゃないのか！　女房子供ありながら」

石沢「その通りです。でもねえ、それ、出来ないのが男じゃないんですか」

『蛇蠍のごとく』

謙造「男っていうのは、コンプレックスと一緒には暮らせないんだよ」

『家族熱』

菊男（N）「じいちゃんの笑い顔は半分泣いていた。あまりにも恥かしい時や悲しい時、男は泣く代りに笑ってしまう。急にじいちゃんがいとおしくなった」

『冬の運動会』

3 それじゃ、しあわせ、摑《つか》めないよ——男と女

「女の目には鈴を張れ
男の目には糸を引け」

という諺《ことわざ》があるという。

舞妓《まいこ》さんのはなしは別として、女は、喜怒哀楽を目に出したところで大勢《たいせい》に影響はない。

だが、男はそうではいけないのだという。

何を考えているのか、全くわからないポーカーフェイスが成功のコツだという。

「糸の目」(『女の人差し指』)

あなたにとって魅力のある男は、他の女にとっても魅力のある存在なのだから始末に悪い。第一、猫は犬と違って、首輪を付けていない。

女もメス猫になってじゃれ合うか、自分と全く違う一匹の雄を、ゆとりをもって眺め、いとおしみ、つきあっていく。道は二つに一つである。しかし、大抵の女は、半世紀にわたってその辛抱《しんぼう》をする自信がないので、紺の背広を着た従順な犬型の男性を伴侶《はんりょ》に選ぶのだろう。そして、魅力のある猫科の男たちに、ないものねだりの熱い視線と溜息《ためいき》を送りつづけるのである。「男性鑑賞法」（『眠る盃』）

鏡には、直子と風見のほかにも幾組かのカップルがうつっている。このなかで本当のことを語り合っているのは何人いるだろうか。

暮しの匂《にお》いとは無縁の、白いピカピカする喫茶店のなかで、恋人たちは自分を飾って語り合い、束《つか》の間《ま》の夢を見ているのだ。「春が来た」（『隣りの女』）

「素寒貧《すかんぴん》になったけど、奥さん、今まで通りつきあってもらえますか」

「門倉さん。あたし、うれしいのよ」

一升瓶を胸に抱えるようにして、たみは言った。

「門倉さんの仕事がお盛んなのはいいけど、うちのお父さんと開きがあり過ぎて、あたし、辛かった。口惜しかった。これで同じだとおもうと、うれしい」

「ありがとう。いただきます」

門倉はぐっとひと息にあけた。

もしかしたら、これは、ラブ・シーンというものではないか。梯子段《はしごだん》の途中までおりかけ、そこでためらっていた素足のさと子は息が苦しくなった。　小説『あ・うん』

さと子の声「生まれてはじめて嘘をつきました。一番大事なことは、人に言わないということが判りました。言わない方が、甘く、甘ずっぱく素敵なことが判りました。もしかしたら、母も、父も、門倉のおじさんの気持も同じかも知れません」　『あ・うん』

忠臣「アダムとイブはどうしてりんごを食べたのか。いけないといわれたからである」　『だいこんの花』

中将「美人で目はしが利《き》くかと思うと移り気だし」
右馬「しっかりしているとよろこぶと、髪を耳にはさんで、なりふりかまわず働く味気ない女だったりして」

中将「いるいる」
右馬「強いのは、いやですな。物ねだりする。あてにする」
中将「しなすぎるのも、切ないものだよ」
右馬「当節、そんなのはいないでしょう」
『源氏物語』

石沢「そういうハナシじゃないんだよ。ジェットでもプロペラでもいいんだよ。
飛行機にゃね、引き返し不能地点てのが、あるんだよ」
二人「引き返し不能地点――」
石沢「(低い位置)これくらいならやめて着陸すること出来んだよ。ところが、
ここまでアがっちまうと、もう駄目なんだよ。引き返すこと、出来ないん
だよ」
須江「どしても、引き返せっていったら、どうなんの」
石沢「ツイラクしか、手がないね」
須江「おっこっちまうの――」
石沢「ここまで来たら、あとはもう、飛ぶしかないんだよ」
『蛇蠍のごとく』

光子「男ってのはね、年いくと、若いの若いのって目がいくのよ。そりゃね、菊男ちゃんのお母さんはキレイよォ。(日出子に)品がよくて、アイサツなんかそりゃ行き届いてンのよ」
宅次「あんまり行き届くと、男はうっとおしいんだよ」
光子「このくらいが(自分)丁度いいの」
宅次「行き届かなくてもダメだけどさ」
日出子・菊男「(笑っている)」

『冬の運動会』

恒子「自分でも納得して、キッパリ別れたつもりでいるでしょ。思い切って遠くの土地へ行って、新しい仕事はじめて——昔の暮し、すっかり忘れたつもりでいるでしょ。そうはいかないのよ。体の中に残ってるのよ」

『家族熱』

時子「口がうまくて、ええかっこしいで、いい加減で、実がなくて、無責任で、嘘つきで、気分屋で、外面《そとづら》がよくて、ヒモで、気取り屋で、タカリ屋で、怠け者で——もう男としちゃカスだと思ったけど——ほかの人に無いとこあったわねえ。あたしが『ひとりで淋しい』って言ったら、『男にあきたっていうまで、一緒にいてやる』って言って――仕事もなにも休んで、三日四晩あたしと一緒にいてくれたの」　『家族熱』
組子（声）「あの日のこと、あの日のことは夢だと思ってるの。――夢だったのよ」
数夫（声）「そうかな、あれだけが現実で、あとは夢だったような気がするけどな」
組子（声）「ううん、夢なのよ。これから先もずっとあの夢が、胸の底に残ると困るから、新しいもので消したかったの」　『幸福』
素子「スキーのとき、斜滑降で、谷側の足に力を入れたり体をかたむけると谷側へ落ちてくじゃない」
八木沢「そうだよ、山足に重心置かなきゃ」
素子「――そうはいかないのよ、そっち、いっちゃいけない、アブないって思うと余計に、そっちいってるの」
八木沢「――この人だけはよそう、と思うと、余計、そっちいっちゃう――」
素子「（うなずく）」

八木沢「――そういうこと、あるな」
素子「――」
八木沢「そういうことあるけど、それじゃ、しあわせ、摑めないよ」
素子「――」　『幸福』
組子「毎日毎日、すごく辛いの。苦しいの。あきらめよう、あきらめられない、あきらめよう、その繰り返し――」
数夫「――」
素子「――」
八木沢「――」
太一郎「――」
組子「――でも、それがいいの。もう、指の先から髪の毛の先まで血が通ってるみたいで――どこ切っても真赤な血がピーと出そうな感じが強いの。ステキなの」
素子「判《わか》るわ。そういう時って、クモが巣つくってるのみたって、羨《うらやま》しくて涙出るの。お水いっぱいだって、その時の気持で、味がちがうの」

数夫「――」

組子「そういうの、幸福っていってもいいんじゃない？」　『幸福』

八木沢「男と女ってのは、不思議だね。十年二十年馴染《なじ》んでも、どこかにスキ間風の吹いてることもある。

一瞬の触れ合いでも、死ぬまで忘れられない火花が――気持にも体にも灼《や》きつくことがあるんだねえ……」　『幸福』

サチ子「――」

揺れる壁。

サチ子「――」

峰子（声）「おねがい。さっきの――駅の名前――もう一度言って――」

麻田（声）「（駅名をくり返す）上野。尾久《おく》。赤羽。浦和。大宮。宮原。上尾。桶川《おけがわ》。北本。鴻巣《こうのす》。吹上。行田。熊谷《くまがや》。籠原《かごはら》。深谷。岡部。本庄《ほんじょう》。神保原《じんぼはら》。新町《しんまち》。倉賀野。高崎。井野。新前橋。群馬総社。八木原。渋川。敷島。津久田。岩本。沼田。後閑。上牧《かみもく》。水上《みなかみ》。湯檜曾《ゆびそ》。土合《どあい》」

サチ子、目をとじる。
体中の力が脱ける。のぼりつめてゆく。
そして、頂きがきてぐったりする。
そのまま死んだように動かない。
夕焼けが夕闇《ゆうやみ》に変ってゆく。
ミシンの上の内職のブラウス。
時計のセコンド。
窓の外がうす暗くなる。

『隣りの女——現代西鶴物語』

4　恋をすると、人は正気でなくなります——恋愛とは

サチ子は駅前の本屋で、西鶴の『好色五人女』の文庫本を引き抜いた。すぐ隣りの喫茶店に入り、コーヒーを頼んだ。巻二の「情を入れし樽屋《たるや》物語」をひらいた。

「恋に泣輪の井戸替、身は限りあり、恋は尽きせず、無常はわが手細工の棺桶に覚え、世を渡る業とて錐鋸《きりのこぎり》のせわしく」

コーヒーカップを持ち上げると、まだ手が震えていた。うしろの現代語訳をめくった。

「人の命には限りがあるが、恋路はつきることがない」「隣りの女」（『隣りの女』）

さと子は、辻村の下宿で、はじめて接吻《せっぷん》をした。

急にあお向かされ、本箱にならんだむつかしい本の背文字がぐるぐる廻ったかと思うと、生あたたかいものがおしつけられた。一瞬、なんのことか判らなかった。学生

服の脂くさい匂いと、煙草の匂いがした。甘い味がすると書いたのを読んだことがあったが甘くなんかなかった。

バロンになめられた時と同じような、なまぐささがあとに残った。それでいて、すこしも嫌ではなかった。大仕事をしたあとのような気がした。お天気雨のように、泣きたくないのに涙が出た。　小説『あ・うん』

なにかしている途中で、ふっと気持が宙にいってしまい、手が留守になっている。さと子は、あの日から、そういう癖がついたことに気がついた。もしかしたら、恋というのかも知れないと思った。　小説『あ・うん』

辻本「『愛』だな、それは」

さと子「――でも、うちのおかあ――母と、門倉のおじさん、手もにぎったことないと思うんです。手どころか、ことばに出して、『好き』とかそんなことも、絶対に言ったことないと思うわ。だから、うちのお父さん、門倉のおじさんと仲よく二十年も――父ね、門倉のおじさんが母のこと、尊敬して、大事に思ってること、自慢してるみたいなんです。それでも『愛』っていうんですか」

さと子、判っているくせに言っているところがある。

辻本「やっぱり『愛』だと思うな」

さと子「――」

辻本「『プラトニック・ラブ』ですよ」

さと子「――プラトニック・ラブ」

辻本「北村透谷という人が言い出した言葉です。『肉欲を排した精神的な恋愛』という意味です」

さと子「――恋愛――やっぱりそうなのねえ――」

さと子、「恋愛」ということばを、大事そうに発音する。『あ・うん』

血の引いた白い顔で、柱に寄りかかっているさと子に、門倉が声をかけた。

「早く、追っかけてゆきなさい」

奥へ入りかけた仙吉とたみの足がとまった。

「今晩は、帰ってこなくてもいい」

「門倉」

仙吉がうめくように言って、ふり向きかけるのを、たみが体でとめた。門倉は許しを乞《こ》うようにたみを見た。

「おじさんが責任をとる」

立ったままのさと子をうながした。

さと子は、白くなった唇をふるわして小さく、

「ありがとうございます」

と言ったようだが、門倉にもよく聞き取れなかった。

「さと子ちゃん、いま、一番綺麗《きれい》だよ」

お母さんにそっくりだ、ということばは胸のなかにのみ込んで、門倉はさと子の肩を叩《たた》いた。

小説『あ・うん』

源氏「恋をすると、人は正気でなくなります」
『源氏物語』

藤壺「人を思うと他愛なくなります」
『源氏物語』

源氏「罪がなんだというのです。このいっときのしあわせのためなら、どんな罪

もよろこんで」　『源氏物語』

源氏「世間ではいろいろに噂《うわさ》されているが、私はいつも本気です。このいっときを、一生と思っているのです」　『源氏物語』

源氏「あなたの苦しみを、私は」
御息所「（かぶせて）おぞましいと思ってらした」
源氏「だがおぞましさは、あなたとわたくしを結ぶ黒い帯だった」
御息所「苦しい帯――」
源氏「息がつまるよろこびもありました」　『源氏物語』

藤壺「（少し微笑《ほほえ》む）わたしたちの罪はみ仏にすがっても、救われるとは思いません」
源氏「どうしたら、いいのです」
藤壺「生涯、苦しむのです。苦しみながら――やはり、あなたに逢えて、私はしあわせだったと――」　『源氏物語』

柏木「人は一度しか生きられないのだ。だったら、この世に生を享《う》けたしるしを抱えて死にたい。『死ぬほど好きだ』ということをどうしてもあなたに言いたかった――」　『源氏物語』

貫太郎「まわりもまわりだけどな、本人も本人だ！　そんなに行きたかったら、親だろうが何だろうが押しのけて行ったらいいだろ！　それくらいの度胸がなくて」

静江「（静かに）お父さん」

貫太郎「……………」

静江「本当に好きなら……行かなくたって……こうしてたって、しあわせなのよ」　『寺内貫太郎一家』

修司「謝罪はしない。殴られるほうが悪いんだ」

石沢「判ってます。判ってますけどね。親が出る、っての、おかしいんじゃないかな」

修司「わたしは、塩子の父親（と言いかける）」
石沢「判ってますよ。でもねえ、お父さん――」
修司「そういう呼び方はよし給《たま》え。不愉快だ」
石沢「じゃ、古田さん、こりゃ、『犯罪』じゃなくて、『恋愛』なんですよ」
修司「わたしにいわせりゃ、『犯罪』だね」
石沢「おかしなリクツだなあ。人に惚れるのが、犯罪ですか」『蛇蠍のごとく』
忠臣「だけどな、お前は、オンチだぞ」
誠「お父さん」
忠臣「（静かに）人間音痴だといっとるんだよ」
誠「人間音痴」
忠臣「どして、彼女がお前にアイソづかしを言ったか、判るか？　え？　一番好きな男にこれ以上恥をみせたくなかったんだよ」
誠「………」
忠臣「サヨナラということは、アイ・ラブ・ユーということじゃないか」
誠「……お父さん」

忠臣「そのくらい判らんで、一人前のツラすんな、バカモノ」　　『だいこんの花』
久米「そこいくと、昔の人間は教養があったねえ。『忘れねばこそ思い出さず候《そうろう》』なんて、すばらしいじゃないの」
誠・土岡「なんですか、そりゃ」
久米「紺屋高尾という、遊女の書いたラブレターですよ」
土岡「遊女、ですか」
久米「この人ね、遊女でもなかなかの人物でね、仙台の伊達の殿様の恋人だったんだけどね、『忘れねばこそ思い出さず候』わたしはあなた様を思い出すなんて、そんなことはございません。なぜなら、片時もあなた様を忘れたことがないからでございます」　　『だいこんの花』

5　あんな声で呼ばれたこと、一度もなかった――道ならぬ恋

「ただいま」

「お帰り」

目をつぶったまま、集太郎は言った。

「谷川はどうだった」

「あたしね、本当は谷川岳なんかのぼったんじゃないの」

「よせ！」

追いかけて、やわらかく、よせよ、と言った。

「実はおれも麓《ふもと》まで行ったんだ」

「麓……」

「のぼるより、もどるほうが勇気がいると言われたよ」

「隣りの女」（『隣りの女』）

去年のクリスマス・イブに、この店を借り切って大騒ぎをやった。他人でなくなったのもその晩だが、あれ以来、禮子は店ではほとんど口を利かなくなった。口を利かない代り、体で示威行動をする。体温の高い女で、体をくっつけてくると、オットセイに寄りかかられたようだ。夏場が思いやられるなと苦笑いしながら、門倉は新しいたばこに火をつけた。

小説『あ・うん』

つわ子は、もうひとつ意外なことを言った。

夫は、バーで常子のことを、うちの先生と呼んでいるというのである。

「うちの先生……」

「なんでもよくご存知なんですってねえ。あたしと反対だわ。あたし、馬鹿《ばか》で有名なんですよ」

常子は女の着つけがゆる目なのに気がついた。しゃべり方も、スプーンを動かす手つきもゆっくりしている。ほんのすこし、捻子《ねじ》がゆるんでいるとも思えるが、演技かもしれない。そうだとしたら、本当にこわいのはこの女だという気もする。

何でも知っている筈《はず》の常子は、結局なにも判らず、コーヒー代をつわ子と割り勘で払って帰って来た。

「花の名前」(『思い出トランプ』)

トミ子は気が利かない代り、先をぐって気を廻すことをしないから、気の休まるところがあった。

「だらだら坂」(『思い出トランプ』)

三月になって雛人形《ひなにんぎょう》を飾った。

夜中に手洗いに起き、居間を横切って寝室へ戻る途中、足がとまった。暗いなかにひっそりと並ぶ雛人形の顔は、あの晩、半沢の腕のなかで目を閉じていた波津子の顔だった。

三人官女の右端は特に似ているような気がした。緋《ひ》の袴《はかま》を脱がせてみたいという衝動に駆られ、いい年をして、と自分を笑いながらベッドに戻った。指の腹が覚えている蜜柑《みかん》の種子ほどの引っつれが懐《なつか》しかった。隣りに眠る幹子の、道具立ての大きい顔がうとましく思えた。

「三枚肉」(『思い出トランプ』)

朋子「あなたが――あの人とヨリをもどしたから、出たんじゃないんです」

謙造(声)「ヨリをもどしたんじゃないといってるだろ」

朋子「うち中の人が、知ってたのに、あたし一人が知らなかった――いつもと同じだと思って張り切ってパンを焼いたり洗濯してたらいきなりうしろから撃たれてた――裏切られた――そのことが、たまらないんです。そんなことで、もう暮してゆけない――」

『家族熱』

貫太郎「犬、飼ったことあるだろ」
里子「娘時代に飼ってましたけど、それがどうかしたんですか!」
貫太郎「自分ちに犬がいても、ヨソの犬見りゃ、ちょこっとなでたりするだろ?」
里子「それが浮気だっていうんですか!」
貫太郎「何もなかったんだから……怒るこたァないだろ」
里子「……そんなもんじゃありませんよ、女の気持は」
貫太郎「………」

『寺内貫太郎一家』

門倉「奥さん、この辺が峠ですよ」
たみ「――峠……」
門倉「水田のはしか」
たみ「――年とってからかかると、重いっていうじゃありませんか。命とりになる人だって――いるって」
門倉「いや、大丈夫」
たみ「あたしがいけなかったのかも知れない」
門倉「？」
たみ「ずいぶん前ですけどね、お父さんは四角で、門倉さんは丸だっていったことがあるんですよ。男は道楽のひとつもする人のほうが、魅力があるわねって、あたし――」　『続あ・うん』

嫗《おうな》「なんのかんのいっても男なんて、一人の女、追っかけてンだねえ」
翁《おきな》「浮気なんてもな、ぐるっと廻って女房かおふくろだよ」　『源氏物語』

砂子「水商売の女がみんなワルでジダラクで、普通の奥さんの方がチャンとしてるとは限らないのよ。ちゃんとした人の奥さんだって、ひどい人もいるんだから」
和子「お姉ちゃん」
砂子「待ちなさいよ。あたしにいわせりゃ、ご主人に浮気……本気ならもちろんのことよ、ほかの女に目を向けさせるのは奥さんにも責任があると思うわね。うちのお客さまみてると、そうだもの」
『きんぎょの夢』

朋子「残していった二人の子供や、あなたや、このうちに対する未練――精神のバランスが狂うほどの未練――あたし、負けたと思ったわ。でも、もっと決定的に負けたのは、あなたのあの声よ、あたし、あんな声で呼ばれたこと、一度もなかった――」
『家族熱』

あや子「夜中に火事や地震があると、もう一軒うちのある人は、とっても気もむらしいわねえ。電話したいけど、電話するわけにいかない。かけつけるわけにもいかない――」
『冬の運動会』

英子「あの人は立派よ。いつも完璧《かんぺき》だわ。なんでも規則正しくて。自分で一度こうと決めたらどんなことがあっても、絶対に守るの。朝は、ハチミツをぬったトースト一切れ。チーズ、ミルク。りんごを半分。おひるはうどん。夜は週一回お肉で一回が百五十グラム。お肉食べた晩は、お風呂から上ってブランディをのむの。それから、『おい』っていって、寝室へ入るのよ、あたしは黙ってあとからついてくわ。この十年、ハンコ押したみたいに同じ。そのあとのすることも、いつもおんなじ――」

数夫「――」

英子「――だから不満だった。だから浮気したんだなんて――言うほうがおかしいのはよく判ってるの。でも、ほかに理由はないの。なんていうのかしら自分が四角い箱みたいになってゆくような気がして、それで、つまらない男にふっと引っかかってしまったのよ」

数夫「――ねえさん」

『幸福』

豊子「あなたもご主人なくされたんなら、あたしの気持は判るでしょ。女がつれあいを、もってかれた辛さは（言いかける）」

綱子「でも生きてらっしゃるじゃありませんか。あたしは、死なれたんですよ」

豊子「生きてるのに、気持が、そっぽ向いてる方が、もっとさびしいわ」

綱子「ご主人におっしゃって下さい」

『阿修羅のごとく』

綱子「その人とならんで坐ってたら、さびしくてたまらなくなったの。死ぬまでの二十年だか三十年、この人に、どんなによくしてもらっても、このさびしさはどうにもならない――って」

貞治「女房と別れる。結婚しよう」

綱子「――やっぱり、さびしい、と思う。さびしさは、同じよ」

貞治「どうすりゃいいんだ」

綱子「判らない――」

貞治「――」

綱子「こうやっていれば、いい」

二人、ただすわっている。

『阿修羅のごとく』

第二章　家族の風景——どこのうちだって、ヤブ突つきゃヘビの一匹や二匹

恋愛と並んで向田作品で重要な比重を占めるのは家族である。

一九六〇年代末から七〇年代にかけては「ホームドラマ」全盛の時代と言ってもよく、思いつくままに挙げても『肝っ玉かあさん』（一九六八〜七二、TBS、脚本・平岩弓枝）、『ありがとう』（一九七〇〜七五、TBS、脚本・平岩弓枝）、『時間ですよ』（一九七〇〜七三、TBS、脚本・橋田壽賀子《すがこ》、向田邦子ほか）、『だいこんの花』（一九七〇〜七七、NET＝現・テレビ朝日、脚本・松木ひろし、向田邦子ほか）、『パパと呼ばないで』（一九七二〜七三、日本テレビ、脚本・松木ひろし、向田邦子ほか）、『それぞれの秋』（一九七三、TBS、脚本・山田太一）、『岸辺のアルバム』（一九七七、TBS、脚本・山田太一）など数多い。

中でもやはり特筆すべきは『寺内貫太郎一家』（一九七四、TBS、脚本・向田邦子）であろうが、本章では向田邦子の「家族」を巡る言葉の数々を引用する。

まずその前に、デビュー後の向田の活躍に触れておこう。

昭和三十九年（一九六四）に始まった『七人の孫』は、当時流行していた「大家族ドラマ」であり、森繁久彌が演じたのはリタイアした元会社経営者。若い男女の孫たちとの世代差から生まれるエピソードが見る者を楽しませた人気ドラマだった。加藤治子《はるこ》、いしだあゆみ、そして樹木希林（当時は悠木《ゆうき》千帆《ちほ》）といった後年の「向田ドラマ」に欠かせない面々が出演、演出陣にはのちに『時間ですよ』（ＴＢＳ）や『寺内貫太郎一家』（同）で組み、向田とは名コンビとも称されることになるディレクター、久世《くぜ》光彦《てるひこ》もいた。

この時期の向田はまだ同一ドラマ内で起用される複数の脚本家の一人である。大抵の脚本家は、まず連続ドラマの中の何本かを担当し、あるいは一話完結ドラマなどで腕を磨き、やがて全話を単独で任される脚本家になることを目指していく。当時の向田もその一人だったのだ。

このドラマで一躍注目を浴びたのは樹木希林の独特の存在感だったが、向田や久世もこの作品を経て売れっ子になってゆく。まだ戦前の記憶も残る時代、若い向田が作品内で折節に垣間《かいま》見《み》せる戦前の情景や人物像は、視聴者にノスタルジーと同時に視点の新鮮さを感じさせたろうし、なにより彼女が持つ繊細な観察眼が、ひとつひとつのセリフや場面、登場人物の造形にリアリティを与えていた。そういうドラマに、人は世の真相と本質が投影されていると感じるものではないだろうか。

向田は数々のドラマに起用され、昭和四十六年（一九七一）には人気ドラマシリーズ『時間ですよ』に参加、評価が高まる中、昭和四十九年（一九七四）には『寺内貫太郎一家』で全三十九話をほぼ一人で書き上げることになる。

演技経験のなかった巨体の作曲家、小林亜星が演じる主人公の貫太郎は東京下町の石屋のオヤジで、どこか懐《なつ》かしい「昭和の頑固オヤジ」そのもの。気に入らないことがあれば怒鳴り、ちゃぶ台をひっくり返して家族に鉄拳《てっけん》を振るう。この貫太郎を軸に、妻役に加藤治子、娘に梶芽衣子《かじめいこ》、息子に西城秀樹を配し、沢田研二のポスターを見ながら「ジュリ〜！」と身をよじる貫太郎の実母を樹木希林が快演し、人気を博した。

この時、向田は四十四歳になっていた。

この頃まで、ホームドラマと言えば「母親」だった。五〇年代の終わりから約十年も続く人気を誇ったドラマシリーズ『おかあさん』（ＴＢＳ）はもちろん、七〇年代前半のヒット作『ありがとう』（同）も母親を中心とする物語である。「父親」を軸に据えた『寺内貫太郎一家』は画期的だったのだ。

貫太郎のモデルが向田の父・敏雄だったことは作者自身が明かしている。石屋ではなく保険会社勤務だったが、その性格やふるまいには彼女の父の実像が色濃く反映されているという。また、向田が書くエッセイなどを読むと、貫太郎の妻には向田の母が、そして貫太郎の母親には向田の祖母の姿がどこか重なって見える。

実は向田が書いた約三百篇のエッセイの四分の一は「家族」が題材となっている。中でも父親に触れたものが圧倒的に多い。向田にとって、父を囲むように家族と過ごした日々は自身を支える大事な背骨だったのだろう。家族をめぐる記憶が昇華され、ドラマや小説の形をとるとき、彼女の筆は生き生きと動いているように見える。

だが、思えば家族とは不思議なものだ。父、母、子として日々を過ごし、互いを熟知しているはずなのに、家族が家族でいられるのはあくまでも期間限定であり、何かをきっかけとして、家族の中に他者を見ることもある。

向田はそうした瞬間を見逃さない。家族を題材に扱った彼女の作品では、時に、当り前だと思っていた家族との日常の背後に広がる非日常の闇《やみ》の深さを感じさせられることがある。家族の泣き笑いを愛しむように描きながらも、あの独特の観察眼でその「実相」を見据えようとしていたのではないだろうか。

1　結婚てのは七年じゃ駄目なのねえ——結婚

父は賭《か》けごとが嫌いでなかった。

だが母は、一切勝負ごとをしなかった。

「私は判《わか》らないから」

と言ってはじめから手をふれようとしなかった。主婦が麻雀《マージャン》を覚えると、うちの用が滞《とどこお》ると思ったのかも知れない。

だがもうひとつ、母は賭けごとをしなくてもよかったのではないかと思う。麻雀やトランプをしなくても、母にとっては、毎日が小さな博打《ばくち》だったのではないか。

見合い結婚。

海のものとも山のものとも判らない男と一緒に暮す。その男の子供を生む。その男の母親に仕え、その人の死に水をとる。

どれを取っても、大博打である。

今は五分五分かも知れないが、昔の女は肩をならべる男次第で、女の一生が定まってしまった。

「丁半」（『霊長類ヒト科動物図鑑』）

「結婚して」

「七年です」

「水商売ってのは七年やれば一人前だけど、結婚てのは七年じゃ駄目なのねえ」

「隣りの女」（『隣りの女』）

貫太郎「結婚式ってのは、顔見世興行じゃないんだぞ。未熟な夫婦でございますが、末長くよろしくという挨拶《あいさつ》すんのに、なんで客から金とるんだ！　金がないんなら、自分ちでやれ！」

『寺内貫太郎一家』

ハル「駄目なのよ。こういうの見ると――もう駄目。結婚式――駄目、幼稚園の運動会――駄目。ほらテレビやなんかで子供がピアノのお稽古《けいこ》してるじゃない。あれ見ても、涙がファー」

順造「泣く」
ハル「自分がやりたくても出来なかったもの見ると――駄目なのねえ」
『当節結婚の条件』
集太郎「(自嘲《じちょう》する)これが――『結婚』ですよ」
峰子「不自由なもんねえ」
集太郎「――」
峰子「でも、ちょっとステキねえ。口惜しいけど」
『隣りの女――現代西鶴物語』
ちよの声「結婚ていうのは、なんにもないところから――おかま一つ、お皿一枚のとこからうちを作って、子供生んで育てて――そういうもんだと思うんだよ。でも、こんどのは――うちはある。子供生んで育てることもない――これじゃあ、よそのうちに死にに行く支度してるのと同じだって気がついたんだよ」
巴「お母さん――」

ちよ「――若いうちだよ、結婚は」　　　　　　　　　　　『花嫁』

ちよ「――ねえ、お母さん、お嫁に行っちゃ、いけないかねえ」
一同「え？　あの黒崎さんとこ？」
ちよ「（うなずく）」
節子「なに言ってんのよ。黒崎さんとこつぶれたのよ。アパート一間で、人もおかずに裸一貫からやり直しだって。わざわざ苦労しにゆくことないでしょ」
ちよ「（首をふる）ううん。お母さん、そのほうがお嫁にいった気がするね」
一同「え？」
ちよ「張り合いがあるじゃないか。それに、お金に目がくらんだんじゃなけりゃ、死んだお父さんもひがまないしさ」
一同「――お母さん」
ちよ「羽ぶりのいい時なら、コートの裏が破けてたって、男はみじめじゃないんだよ。今は、誰かつくろう人がいた方がいいよ」　　　　　　　　　　　『花嫁』

善吉「そもそも結婚生活の秘訣《ひけつ》とは何であるか。それは我慢である」
誠「はあ……」
善吉「忍耐である……これなくして結婚生活は」『だいこんの花』
有吾「なにが当り前なの」
清子「だって、あたしみたいに、親もない、家もない、お金もない女の子より、ちゃんとした親のいる女の子と結婚するほうがトクだもの。マンションの頭金ぐらい払ってくれるじゃない」
有吾「結婚は取引じゃないんだからねえ」
清子「でも、慈善事業でもないと思うの、とび抜けて美人じゃなかったら、トクなほうえらぶの当り前だと思うんです」『毛糸の指輪』
謙造「もらうんなら、ああいうのだねえ」
杉男「植木じゃないよ」
謙造「バカ。女と植木は同じなんだよ、日当りの悪い所で育ったいじけた枝ぶりは、どうやったたって直らないんだ、お前のつきあってる、あの——泉って女の子、ありゃ、日当り悪いぞ」　　　　　　　『家族熱』

おムスビをつくる四人の女たち。
つくりながら、食べたり、手のごはんつぶをなめとったりしながら。
滝子「あら、巻子姉さん、三角なの？」
巻子「そうよ」
咲子「うち、俵じゃなかった」
滝子「綱子姉さん『たいこ』型だ」
巻子「オヨメにゆくと、行った先のかたちになるの」
咲子「すみません、いつまでも俵型で――」　　　　『阿修羅のごとく』

とめ「――あたしは、みんなとこうやってにぎやかに暮らしてるから、さほど思わないけど、一人でいると……ねえ『寒いなあ』『寒いですねえ』『雨があがったかな』『あがったようですよ』相づち打ってくれる人が欲しくなるんじゃないの」
カオル「へえ――、じゃ、年寄りの結婚てのは、相づち結婚か」

坂本「判んないな、全然判んない」

『こけこっこー！』

大あくびで立ち上がるカオル。

里子「あたしねえ、なんのかんのいっても、お父さんの方が正しいと思うの。恥しがりやで、キッスなんて言葉がいまだにいえなくて……五十になって、やっとストリップ見にいって……それで親知らず腫《は》らしてるなんてお父さん、お母さん、好きよ。そりゃね、あたしたちの時は、こんなにテレビや週刊誌もなかったし……それにお父さんもお母さんも奥手だったから……お父さんも、女はアタシがはじめてだって……あたしだって、男の人はお父さんが……だから、お嫁にきたはじめての時なんて、もう二人ともオタオタして……」

貫太郎「バカ！　なにいってんだ！」

里子「でもねえ、お母さん、女としてとってもしあわせだったって思ってるの。こういうしあわせは、もう日本の女では、お母さんが最後じゃないかなってそう思ってるくらいよ」

『寺内貫太郎一家』

「あのね、お父さんは幾つで死にたいですか、ってそう聞こうと思ったの」

「そんなこと、こっちで決められりゃ、苦労はないよ。女って奴《やつ》は全く」

「考えるだけ馬鹿《ばか》ね」

貫太郎はちょこっと帳面をつけて――ポツンと言った。

「いつでもいいけど、お前よか先に死にたいよ」

「お父さん……」

小説『寺内貫太郎一家』

離婚をした友人がいる。

姓名判断で占って、名前を変えたひともいる。

その人たちが、ときと場所は別々であったが、同じようなことをポツンといったことがある。

「取替えてから、やっぱり前のほうがよかった、と思うことがあるのよ」

「いっぺん取替えることを覚えると、また取替えたくなってしかたがないの」

「お取替え」(『無名仮名人名簿』)

別れた女は、その直後、華やかな席に出るとき、特にその席で、もとご主人に逢《あ》う可能性のあるとき、例外なく前より化粧が濃くなり身なりにも気を遣い、若々しく美しくなっている。

「いちじく」(『霊長類ヒト科動物図鑑』)

2　世の中、そんな綺麗《きれい》ごとじゃないんだよ――夫婦

物の名前を教えた、役に立ったと得意になっていたのは思い上りだった。昔は、たしかに肥料《こやし》をやった覚えもあるが、若木は気がつかないうちに大木になっていた。花の名前。それがどうした。

女の名前。それがどうした。

夫の背中は、そう言っていた。

女の物差は二十五年たっても変らないが、男の目盛りは大きくなる。

「花の名前」(『思い出トランプ』)

父の葬式のあとで、酒に酔った夫が、喪服の女の月旦《げったん》*をしたことがある。父はもう少しで米寿というところで、眠っているうちに大往生をしたこともあって、おめでたい、という挨拶も聞かれる葬式だった。骨上げが終ってうちにもどり、酒が出たとこ

ろで、夫は、喪服を着た女はふた通りに分けられると言い出した。

「健気《けなげ》と、哀れと、ふたつに分けられるね」

麻は、言われぬ先に言ってしまいたかった。

「あたしは健気のくちだわね」

「判ってるじゃないか」

（中略）

「健気な女房を持った亭主は、女房に死なれたら、哀れのほうに入るね」

夫があとを引き取って、

「そうすると、哀れのほうの女房を持った亭主は、健気ってわけか」

「強いのと弱いので、もたれ合ってるんじゃないのかねえ」

本当は気の弱い亭主が、こういう席では見すかされまいとして、大きく羽をひろげた物言いをすることもある。やましい男が、人前でわざと女房を持ち上げて罪ほろぼしをすることもある。

麻は夫のことばから、女でも、麻雀でもいい、いま夫を一番強くとらえている何かをつかみたいと思ったが、ことばの裏はもう一度ひっくりかえせば表になり、結局はつかみどころのない、昨日と同じ今日であった。

＊月旦＝しなさだめ

「男眉」（『思い出トランプ』）

「あのひと、凄《すご》いのよ」

サチ子は親指を立ててみせた。

「二人もいるんだから。それも一日に二人よ」

「よせよ」

自分も同じ手つきをして集太郎は露骨に嫌な顔になった。

「女がこういう手つきするの、嫌いなんだよ。素人《しろうと》の女のすることじゃないよ。下品だよ」

「隣りの女」（『隣りの女』）

「女はね、死骸《しがい》と暮したって、ちっとも楽しくなんかないのよ。生きて生き生きして、仕事して、儲《もう》けて、遊んでるあの人のほうが、辛《つら》いけど、ああ、あたしはこの人の女房だ、そういう実感があったわ」

君子はたみの顔をのぞき込んで、

「奥さん、あたし、老《ふ》けたでしょ」

ご主人にとりなして、どんなことがあったか知らないが前通りつき合ってやって下さいよ、と頭を下げた。　小説『あ・うん』

葵「わたくし、夫婦とは――共にすごす時の長さだと思っております」　『源氏物語』

翁「夫婦というものは、添ってさえいりゃ、いつかは、ほどけたり、潤《ほと》びたりするもんでございます」　『源氏物語』

環「そんなことで対抗してる自分が、なんていうのかな、娼婦《しょうふ》みたいに思えて――そういうのみんな止《や》めちゃお。なまじ、キレイにして気を引こうと思うから、それで負けたと思うから、ヤキモチやいたり腹立てたりするんだ。とことんやめちゃえば、オリちゃえば、ケンカにならないだろう。居直ったのね」

かね子「――」

環「さあ、これがあたしの素顔だよ。あんたこれでもうちへ帰ってくる？　って感じ」　『蛇蠍のごとく』

「人のはなし、ちゃんと聞いてくださいよ」

別に暮すようになってから、杉子は紅がきつくなった。喫茶店で向き合って坐《すわ》ると、五つ六つ若返ってみえる。ことばはきついが、しぐさには媚《こび》がある。新しい男に見せている顔が、別れると決めた夫の前でも、つい覗《のぞ》いてしまうものらしい。

「マンハッタン」（『思い出トランプ』）

店を出ると、秀一はいきなり英子の手首をつかみ、黙って歩き出した。そのまま、近くのラブホテルと呼ばれる一軒へ入った。

一年ぶりであった。大きな波が押し寄せたとき、英子の目からもう一度熱い涙が溢《あふ》れた。

「戻ってくれ。頼む」

別れぎわにそう言って、秀一はバスに乗った。

よく晴れた昼下りである。英子はゆっくりと街を歩いた。

戻ろうか、どうしようか。一番大切なものも、一番おぞましいものもあるあの場所である。

空を見上げて、昼の月が出ていたら戻ろうと思い、見上げようとして、もし出ていなかったらと不安になって、汗ばむのもかまわず歩き続けた。

「大根の月」（『思い出トランプ』）

桃子の手を振りはらうようにして、母親が呟《つぶや》いた。

「お母さん、一所懸命尽したと思うけどねえ、お父さん、何が不服だったんだろう」

その一所懸命がいけなかったんじゃないの、と言いたかった。

「胡桃の部屋」（『隣りの女』）

堅物と思わせて、実はよその女に子供を生ませ、女も子供も捨てた父にも腹が立った。

お父さんに限ってそんなことはある筈《はず》がないと、自分に都合のいいところだけを信じて老いた母にも怒りが湧《わ》いて来た。

世の中、そんな綺麗ごとじゃないんだよ。

おやじさんだって生身の男だったんだ。あそこに立ってるのは、俺の弟だよ。そう言ってやりたかった。

「下駄」（『隣りの女』）

時江「アンタね、笑ってるけど……うちの、これ（親指）のときだって、はじめはいつもこうなんだから、若い女の声でモシモシ。アタシが出ると、だまってプツンと切っちまうのよ。そのうちにアンタ、金は持ち出す、外泊ははじまる」

たみ子「お父ちゃんにそんな甲斐性《かいしょう》がありゃ、お赤飯もンだわ」

時江「信用ってのは、大したもんだわねえ」

たみ子「そうでも思ってなきゃ二十二年も一緒に暮らせないわよ」『じゃがいも』

お蝶「あたしねえこんどだけは、お前さんが浮気をしてくれたらいいなと」

次郎長「オイオイ」

お蝶「だって、そのくらいの甲斐性があれば一年しかない寿命も、ひょっとひょっとして、のびるかもしれないって――」

次郎長「バカな奴だな」

次郎長、お蝶を抱き寄せる。

お蝶「もう半ときで――」

次郎長「三百六十日も終わりだな」　『清水次郎長』

謙造「うちってのは、出た方が負けなんだよ。角力《すもう》と同じだ」　『家族熱』

時子「こないだ別れた人、いるのよ、友達で。その人言ってたなあ。主人の、サンダルのかかとに汚れがつくでしょ、あれ見てたら吐き気がしてきたって――、そうなったら、もう、ダメね」　『家族熱』

「あれ、なんていったかなあ、ほら、将棋の駒《こま》、ぐしゃぐしゃに積んどいて、そっと引っぱるやつ」

ああ、こういうのねと女二人が、積み将棋の手つきになった。

「一枚、こう引っぱると、ザザザザと崩れるんだなあ」

女二人は、そのままの手つきで次のことばを待った。

「おかしな形はおかしな形なりに均衡があって、それがみんなにとってしあわせな形ということも、あるんじゃないかなあ」

君子がたずねた。

「ひとつ脱けたら」

「みんな潰《つぶ》れるんじゃないですか」

君子は黙って夫婦をみた。それから小さく笑い出した。笑いがだんだん大きくなり、笑いながら大粒の涙をこぼした。

小説『あ・うん』

「どうしたらいいのかしら。困ったわねえ」

一緒になって困っている。しかし、ごく自然の成行きのように、事は好転するところを見ると何もしないようでいて、実は里子こそ本当の「良妻賢母」ではないかと思えてくる。

「何にも知らないのよ、母さん馬鹿だから」

といいながら、本当は何でも知っているのである。

小説『寺内貫太郎一家』

「ミヨちゃん、図体は一丁前だけど、まだまだ子供だ……」

「そうかしら」

「あんたさ、貫太郎が里子さんのことぶったんで怒ったけどさ」

声をひそめて囁《ささや》く。

「他人じゃないのよ。夫婦なんてあんた。人前じゃあ、ジャケンな口利《き》いてたって、かげへ廻りゃグルなんだから。あたしなんぞは、いつもそれでやられてんのよ。真にうけるほうが子供だわよ」

小説『寺内貫太郎一家』

葵「どこからどうかけ違ったのか──わたしたちは、夫婦ではなかった」

源氏「いや、夫婦だ。いがみ合ったり憎み合ったり、その分だけかかりそめに睦《むつ》み合う間柄より絆《きずな》は強いのではないか」

『源氏物語』

あや子「あ、これ入《にゅう》が入ってるわ」

直子「ニュウってなによ」

あや子「……貫入《かんにゅう》っていってね、焼きもののひびのこと言うのよ。年代が経《た》てば──どうしても、欠けたり、ひびが入ったりしてしまうのね」

あや子、茶碗《ちゃわん》を手にしてゆっくりとしゃべる。

あや子「入が入ると、価値が下るって嫌う人もいるけど、趣きがあって悪くないって言う人もいるの……心なく扱えば、カシャンと割れてしまうけど、いたわって使えば、まだまだ大丈夫なものなのよ」

『冬の運動会』

3　お父さん、謝ってるつもりなのよ――親と子

つい半月前、親にかくれて耳朶《みみたぶ》にピアス用の穴をあけたことが判り、食卓で親子喧《げん》嘩《か》になったことがあった。

「いま流行なのよ。みんなやってるわ」

言いつのる娘に、

「それじゃみんな人殺しや泥棒をすれば、お前もするのか」

売り言葉に買い言葉で楠も譲らず、二、三日は口も利かないということがあった。

「耳」（『思い出トランプ』）

「わたし判るような気がするわ。三畳一間でもいい。ひとりになれるところが欲しいって思うの無理ないと思うわ」

「静江！　女の子がうち出るのは嫁にゆくときだぞ！　そういう勝手な真似《まね》は絶対に

許さんからな」　小説『寺内貫太郎一家』

「オーバーも着ないで、風邪でも引いたらどうするんだ。風呂《ふろ》に入って早く寝ろ！」

里子が静江の肩を抱いて、そっと言った。

「お父さん、謝ってるつもりなのよ」　小説『寺内貫太郎一家』

里子「お父さん、シーちゃん、何を持って家出たか、判ってるんですか。目覚時計ですよ。お父さんがたったいっぺんだけ誕生日のプレゼントに買ってやった桃色の目覚時計もっていったんですよ。シーちゃん、あの目覚、こわれるたんびに駅前の時計屋さんへ修理に出して、そりゃ大事にしてましたよ」

貫太郎「それがなんだっていうんだ！」

里子「着がえも、真珠のネックレスも持ってかないで、あの……お父さんに貰《もら》った目覚時計……」　『寺内貫太郎一家』

綱子「親不孝もたいがいにしなさいよ（小突く）」

巻子「普通の時じゃないのよ。いまお母さんに心配かけるってことは、あんた、二重の親不孝（言いかける）」
咲子「そうかな。あたし、親孝行したと思うけど」
二人「咲子、アンター」
咲子「なんか新しい心配ごと、ひとつふやしてあげたかったのよ。そうすりゃ、万一、お父さんのことカンづいたって、それほど思いつめないでいられるもの」
二人「――」　　　　　　『阿修羅のごとく』
久米「ところがね、娘の奴に逆襲されたねえ、『お父さん、親孝行もいいけど、子孝行のほうもちゃんとやってくれるんでしょうね』」
土岡「子孝行？」
久米「『子供に恥をかかせない』『子供の幸福をじゃましない』」　『だいこんの花』
誠「男が女に惚《ほ》れる。こりゃ、どう止めようったって止められないもンですよ。正しいとか悪いとか、そんな理屈じゃ、どうしようもないもンですよ。でもねえ、どんなことがあっても、お嬢さんに心配かけちゃいけないよ」

久米「……」

誠「娘にとって父親ってのは、最初の男と同じだっていうじゃないですか。絶対のもンですよ。その絶対のものに裏切られるってのは、そりゃさびしいもンだって……まり子さんがしみじみいってましたよ」『だいこんの花』

洋子「――お母さんて、いつも指の先で、エプロンのポケットの中の五円玉、十円玉かぞえながら生きてるとこあるじゃない。あたしねえ、一度ぐらい、お母さんにゆったりした気持で、お金使わせたいな――」『花嫁』

陽一郎「死ぬのなら親は一人で死ぬべきですよ。道連れにしたい――迷う気持も本当だけど、子供は――知らない間に、子供じゃなくなってる――」

『七人の刑事――十七歳三ヶ月』

厚子「お母ちゃんも女なんだね」

とし江「――五十になったら、もう、そういう気持はおしまいだと思ってたら、そ

　うじゃないんだね」

厚子「――お母ちゃん、あたしも女よ」　『びっくり箱』

三輪子「あ、お兄ちゃんの手、お父さんにそっくりだ」
真佐子「ほんと――」
三輪子「おやこだなあ」
周一「お前たちの手だって――そっくりだよ」
二人「あたしたち？　似てないわよ」
　二人、手を出す。
周一「いやあ、似てるよ」
三輪子「あたし、水かきが大きいんだ」
真佐子「あたしもよ」
　ながめたり、合わせたりする。
三輪子「あら」
真佐子「爪の形、同じだ」
二人「やだなあ」　『眠り人形』

しま「どんな親不孝でもいい。子供は生きてるのが、親より長生きするのが一番の親孝行だよってないてるのよ」

『母上様・赤澤良雄』

菊男（N）「隣りに坐って酒をのむおやじの手は、オレの手とそっくりだ。指の形、爪の大きさ。嫌になるほど似ていた。そして、おやじとオレは同じだということにも気がついた。二人とも、かたくなで、過《あやま》ちを許さない父をもっている。憎みながら憎み切れない。心のどこかで、愛したいと思いながらも、テレてしまって、素直に愛せない。二人ともあと、何も言わずに二はいずつ飲んだ。そして、黙って、うちへ帰った」

『冬の運動会』

4　ヨメにゆくと姉妹は他人のはじまりか——姉と妹（弟）

「あんたはまだ美容院にいったことないから判らないだろうけど、シャンプーだってカットだって、お客の顔のとこに美容師の腋《わき》の下がくるんだよ。別の仕事を選ぶべし。こういうこと言うのは、姉妹だけなんだから、ありがたいと思わなきゃ、駄目だぞ」

言いにくいことを言うとき、組子はいつもこういう言い方をした。わざとガサツな、無神経な言い方をして、相手をグサリと刺すことで、傷つけたほうと、傷ついたほうは相討ちになるのである。

子供でもそのくらいの察しはつかないでもなかったが、もしそこに刃物があったら、素子は姉の胸を刺していたに違いない。　　「幸福」（『隣りの女』）

素子「どうなの、お姉ちゃん」

組子「そりゃ、雲ひとつない日本晴れで、おめでとう——じゃ、ないよ。あたしは、あの人の兄さんにポイされた女だもン、だけどさ」
素子「雲、あっても、いいのよ、あって、当り前だもの」
組子「雲——（何かいいかける）」
素子「その雲さ、入道雲ですか、イワシ雲、ヒコーキ雲、夕焼け雲」
組子「夕焼け雲か……」
組子、なまめいて笑う。
素子「あたし、一生懸命、やって来たもの。お姉ちゃんは、要領いいけど、あたし、手抜き出来ないから、いつでも一生懸命やってきたもの。ひとつぐらい、いいことあっても、いいと思うけどな」
じっと姉を見る。
組子「ほんとだァ」
（間）
組子「（しみじみと）ほんとだねえ」　　　　『幸福』
真佐子「お姉さんは『キレイなお嬢さん』あたしは『かわいいお嬢さん』あたしのかわいいはお義理だったわよ。チョコレートだって勉強部屋だって、お姉さんは大きい方とるのが当り前。あたしは、お姉さんのとった残りで」

周一「どこだって、下はそうだよ」

『眠り人形』

真佐子「うちほどじゃないわよ」

淑子「女のきょうだいなんてへんなものよ。そりゃね、どんなに仲が悪くても、きょうだいが不幸せだってのは、いやよ。そりゃ困るわよ。気持ちが暗くなるわよ。でもね——相手が自分より幸せだってのも——正直言って、あんまり、うれしいものじゃないのよ」

貞子「本当のとこ言やあ、そうだわねえ」

淑子「他人ならいいのよ。でもねえ、きょうだいってのは、気になるのよ、シャクにさわるのよ」

良介「——」

『双子の縁談』

貞子「あたしね、ヨッちゃんがオヨメにいったとき、くやしいって思ったもの」

淑子「姉さん……」

綱子「なんか言ったら、どうなのよ。ののしったらどうなのよ」

巻子「（静かに）何て、ののしるの、うちの鷹男も浮気してるから、妻子のある男と間違いをした姉さんは、許せない――こういえばいいの？」
綱子「巻子……、あたしの恥見たからっていって、なにも、あんたまで無理することないわよ」
巻子「無理なんかしてないわ」
綱子「――証拠、あるの？」
巻子「あたし、子供の時から調べもの、嫌いだもの」
綱子「――」
複雑な顔で笑う姉と妹。
巻子「お金だってかかるし」
綱子「シワもふえるわ」
巻子「見ぬことキヨシ」
綱子「お母さん、よく、それ、言ってたわ」　『阿修羅のごとく』
巻子「帰ってきて、他人がいるの――やじゃないの」
鷹男「他人じゃないだろう。にぎやかでいいじゃないか」

巻子「（小さく）他人が入ると、ハナシ、出来ないのよ」
鷹男「ハナシって、なんだよ。（用心しながら）聞かれてマズイハナシなんかないだろう」
巻子「――――」
鷹男「姉妹のくせしてお前の方が他人みたいだな、ヨメにゆくと姉妹は他人のはじまりか」
『阿修羅のごとく』

闇に目が馴《な》れてみると、菊男も寝つけないらしく、細目にあけた襖《ふすま》の向うで、黒い塊が動いているようだ。

「あんた、マッチ持ってないの」

「持ってるわけないだろ」

「たばこ、喫《す》ってたんじゃないの」

「喫ってないよ」

声を出してみて気がついた。時子の声は、いつもの声ではなく、すこしかすれている。菊男も、男の、大人の声になっていた。声変りをしたのは随分前のことだったが、闇の中で聞く弟の声は、父にそっくりであった。　「りんごの皮」（『思い出トランプ』）

周平は振り返りながら、姉のあとから歩き出した。弟の顔を見ないで、静江がいう。

「さっきは、ごめんね。痛かったでしょ」

「姉さん、上条さんに──惚《ほ》れてるんだね」

姉は無言で、先を歩く。

「姉さん、オレが考えてたほど不幸じゃないんだね」

「……………」

「オレ、やっと判ったよ。姉さん、怪我《けが》しなかったらこんなに、綺麗じゃなかったって──」

「周ちゃん、大学は落ちたけど、少し大人になったみたいね」

小説『寺内貫太郎一家』

5　完全な家庭というものもあるはずがない――家族

さと子の声「家庭医学宝典にのっている『妊娠』という字が、母にかくれてそっと読んでいた、産科、婦人科、性病科などのページが、目の裏にチラチラしてきました。うちには関係のないことだと思っていたのに。母が、子供を生む――何だか急にうちの中の空気がネバついてきたように思えました」『あ・うん』

かね子「お父さん！　およしなさい！　親子でも、女のハンドバッグはいけないわよ。

こんなとこで、なにして――見たくないもの出て来たら――一生、取りかえしのつかないことになるわよ！」『蛇蠍のごとく』

「マモル君、元気？」

「うん……」

「また風邪がはやってるらしいわ。タメさん、奥で寝てるのよ、上条さんもお大事に」

「ありがと。タメさん、お大事に」

これだけなのだから、今どき、珍しい恋人たちである。父親の許さぬ間柄だが、家の中に「恋愛」をしている人間がいるのは、どことなく華やぎがあるものだ。

小説『寺内貫太郎一家』

菊男（N）「メシを食う、というのは、家族であることの証明みたいなもんだ。どんなに、腹いっぱいでも食べなくてはならない。またしても納豆、というのは（ぐうっと突っかえる）――これこそ天罰というべきだろう」

『冬の運動会』

菊男（N）「じいちゃんは前と同じように威張っている。おやじとオレは、あまり口を利かない。妹は、いつも何か食べている。おふくろは、例の骨董品《こっとうひん》はどこへ仕舞ったのかレースを編んでいる。茶の間は、なにひとつ変っていないようにみえる。だが、おたがいに見せあった恥の分だけ、いたわりとあたたかみが生れたような気がする」
『冬の運動会』

綱子「あたし、覚えてるなあ、お母さんが足袋《たび》、ぬぐ音」
滝子「夜ねる時でしょ、電気消したあと、枕もとで――」
綱子「足のあかぎれに、足袋がひっかかって、何とも言えないキシャキシャした音、立てンのよねえ」
巻子「どうして、あんなに踵《かかと》、ひび割れてたのかしら。荒れ性だったのかなあ」
滝子「苦労したからよ。お母さん、食べるもの、食べない時期あったもの」
『阿修羅のごとく』

恒太郎をかばう鷹男。
鷹男「よせ!」
巻子の手が、鷹男の頬でしたたかに鳴る。
鷹男「お前に父親殴る権利はないだろう」

巻子「殴ったのあたしじゃないわ。お母さんよ」
鷹男「思い上ったこと言うな！　お母さん、許してたよ。だから知っててもひとことも（言いかける）」
巻子「許してるもんですか。許してる人がどうしてあの人のアパートの前に立ってたの。お母さんね、口でなんか言えないくらい、やきもちやいてたのよ。腹立ててたのよ。さびしかったのよ。お父さんのこと、好きだったのよ！（泣いてしまう）それ、何よ、お父さん！」
鷹男「マジメに働いてうちを建てて、四人の子供を成人させて、そのあと——誰にも迷惑をかけないで、少しだけ人生のツヤをたのしむのが、そんなにいけないのか」
巻子「女房泣かせてたのしんでるのよ！」
鷹男「その分、手合せて拝んでんだよ、すまない、すまないって思いながら」
巻子「それだけの気持があったら別れればいいでしょう」
綱子「よしなさいよ！」
滝子・咲子「お母さんの枕《まくら》もとで——やめてよ！」

『阿修羅のごとく』

さと子の声「何かのはずみで今迄《いままで》見えなかったものが、突然見えて来ることがあります。父と母と、その横にいつも立っていた門倉のおじさんの影が、月夜の影法師のように見えて来ました」　『あ・うん』

杉男（N）「確かにこの家には問題がある。じいちゃんは老いらくの恋を始めたし、おやじは橋の入札のことしか考えていない。弟のつっかかる態度は増々烈《はげ》しくなっている。しかし、完全無欠の健康体というものがないように、完全な家庭というものもあるはずがない」　『家族熱』

謙造「お前は、バカだぞ。逢《あ》うんなら、もっと上手にやれ、過激派じゃあるまいし、なにもかも表沙汰《おもてざた》にして、派手にぶちこわすこたァないんだ」
杉男「（新聞をひったくって）こっそり逢ってりゃいいの？」
謙造「どこのうちだって、ヤブ突つきゃヘビの一匹や二匹」
竜二「あ、おふくろさん、ヘビ年だよな」　『家族熱』

里子「一軒のうちの中にはね、口に出して言っていいことと、悪いことがあるの

「……」
『寺内貫太郎一家』

峰子「奥さん、うつむくことなんかないじゃない」
サチ子「え？」
峰子「――みっともないことしたのあたしなのに――はなし逆よォ」
サチ子「――どこのうちだって、突っつけば、みっともないことひとつやふたつ、あるんじゃないの？　おたがいさまよ」
『隣りの女――現代西鶴物語』

第三章　生きるということ——七転八倒して迷いなさい

本章では、向田邦子が見つめた「生と死」を取り上げる。

向田は昭和五十年（一九七五）、四十五歳の時に乳がんの手術を受けている。現在よりはるかに治療法が少なく、がんが死に到る病として恐れられていた時代だ。しかも当時、向田の仕事は乗りに乗っていた。昭和四十年代末から、『寺内貫太郎一家』など脚本を単独で執筆することが増え、いよいよドラマ界における地位も確立されていったちょうどその頃なのだ。

しかもその後、がんの手術の際の輸血が原因で血清肝炎となり、右手が利《き》かなくなる病気も併発してしまう。向田の利き手は右手。当然、原稿を執筆するのも右手だ。上り調子からのこの境遇の変化に、向田の胸中はいかばかりだったろう。

そういった意味からも、昭和五十一年（一九七六）は向田の転機となった年である。

雑誌『銀座百点』で、初の連載が始まったのだ。二十四回続いたこのエッセイの連載は、掲載時から高い評価を得ていたが、五十三年に単行本にまとめられるとさらに話題を呼んだ。これが『父の詫《わ》び状』だ。人気脚本家によるエッセイという話題性だけでなく、その完成度の高さが玄人《くろうと》筋をも驚かせた。「はじめに」でも触れたように、山本夏彦が雑誌『諸君！』の連載の中で評した、「突然あらわれてほとんど名人」という言葉がすべてを象徴していた。

何よりタイトルにもなった向田の父、敏雄の存在が際立《きわだ》っている。家父長制が当り前の時代、彼はいわば「家庭内ワンマン」なのだが、向田の手にかかると、頑固さの奥に温《ぬく》もりやユーモアを感じさせる人物像が浮かび上がる。人物描写の秀逸さもさることながら、語られる昭和初期から十年代にかけての東京の下町の情景、山の手の家庭が醸《かも》し出す雰囲気の描写などは、単なるノスタルジーにとどまらず、私たち日本人が「忘れかけていた何か」を伝えてくれる。

そしてこの頃から、「向田ドラマ」もその円熟期へと向っていく。たとえば昭和五十三年（一九七八）の『家族熱』（TBS）。夫（三國連太郎）、新しい妻（浅丘ルリ子）、長男、次男、そして老父（志村喬《たかし》）という平穏な家庭が、夫の先妻（加藤治子）の登場によって揺れ始める。過去と現在が交錯し、愛情と打算が入り乱れる静かな修羅場を通じて、家族の崩壊と再生が描かれた。

また昭和五十四年（一九七九）の『阿修羅のごとく』（ＮＨＫ）では、性格も生き方も違う四姉妹（加藤治子、八千草薫、いしだあゆみ、風吹ジュン）を軸に、老父母、夫、恋人も含めた赤裸々な人間模様が映し出される。佐分利信演じる謹厳実直そのものに見える父親に、愛人と子供がいたことが判明するという当時としては衝撃的なホームドラマだ。騒動の過程で家族それぞれが抱える秘密も明かされる展開は秀逸で、向田ドラマの代表作の一つとなった。

話を戻そう。乳がん手術の影響は大きく二つあったように私には思える。一つは、『父の詫び状』にまとめられたエッセイの連載を始めたことや、その後、小説を書き始めたことに見られるように、活字の仕事が増えたことだ。当時、向田の仕事はテレビドラマだけでも猛烈に忙しかったはずだ。それでも、本という形で「残る」仕事を、向田は無意識にせよ選択したのではないだろうか。

脚本というのは基本的に、ドラマの収録が終われば用済みである。中には保存しておく出演者やスタッフもいるが、多くは捨てられる運命だ。その「潔《いさぎよ》さ」を私も感じないわけではないが、脚本家の胸中を思うと、どこかに虚《むな》しさや寂しさがなかったろうかと考えてしまう。

また、脚本はあくまでも俳優が演じることを前提として執筆される。脚本家が抱えるある種のもどかしさは、俳優が口にする「台詞《せりふ》」と、状況の簡潔な説明である「ト書き」でしか表現できないところにある。細かな心理描写などを書き込める小説との大きな違いだ。生死を分かつような大病を乗り越えた向田が、脚本とは異なる表現の場を求めたのも無理がないように思う。

もう一つの影響はドラマである。先に触れた『家族熱』に先立つ昭和五十二年（一九七七）に放送された『冬の運動会』（ＴＢＳ）という作品がある。実の父に疎《うと》んじられ、企業の内定を辞退して、修理専門の靴屋で働く青年（根津甚八《じんぱち》）と美容師（いしだあゆみ）の恋物語だが、私が注目するのは、青年が他人である靴屋夫婦の家に、自分が求めていた理想の「家庭」を見いだそうとする点だ。

この作品以降、向田が書く家族劇の緊張度は一気に高まっていく。家族の影や闇《やみ》にメスを入れたのだ。人間の本音に迫る、リアルさ、シリアスさは、それまでのホームドラマではあまり見られないものだった。だが、それこそが、「これから先の人生、書きたいものを書く」という向田の覚悟の表明ではなかったか、と思えるのだ。

1　判《わか》らないところがいいんじゃないの——人間と人生と

鍋《なべ》の焦《こ》げたのは交通事故と一緒で、ほんの一瞬の油断で事は起き、あと何カ月も泣かなくてはならない。

丁寧に焦げを落とし、もう大丈夫と思っていると、また同じところが焦げてしまう。一度悪い癖がついてしまうと、それが本当にもとにもどるには、大変な時間と努力がいる。

これは人間も同じかもしれない。　「焦げ癖」（『夜中の薔薇《ばら》』）

一番か。しからずんばビリか。

どっちかでなくては気の済まない人が多い。だが、此《こ》の頃になって、本当に恐いのは二番の人ではないかと思うようになった。

一番は、軍旗を持って格好よく飛び出すが、タマにあたって壮烈な戦死を遂げる率が高そうだ。競輪でも、先頭切る選手は風圧でバテてしまう。最後に笑うのは、二番手につけておいて、土壇場《どたんば》で追い抜く人ではないだろうか。

「一番病」（『霊長類ヒト科動物図鑑』）

テレビのニュースのなかで、会社訪問の学生たちが、会社側の、恐らく人事課長あたりであろう人と、一問一答をするところが出て来た。

みな真剣であった。覗《のぞ》き見するのが申しわけなくなるほど必死な目をしていた。若々しくて、いい顔をしていた。

人は親や環境を選んで生れてくることは出来ない。どうにか自分で選べるのは就職と配偶者である。

会社訪問の面接は、男にとって人生のお見合いなのであろう。

「小判イタダキ」（『霊長類ヒト科動物図鑑』）

専門家に伺ったところでは、動物の雄が配偶者を選ぶ規準は、まず雌として生活力旺盛《おうせい》なこと、次に繁殖力、そして子育てが上手なことだという。人間からみて、あら可愛《かわい》いわね、などというのは、彼らの目には入っていないらしい。雌が雄を選ぶ規準は、まず強いこと。おしっこ臭い匂《にお》いを発散させ、好色であることだという。まず生きること。そして種《しゅ》を殖《ふ》やすことが先なのである。人間も昔はこうだったのかも知れない。文化を持ち、文明が進んだおかげで、氏《うじ》を言い素性《すじょう》を問い、学歴、係《けい》累《るい》を云々《うんぬん》する。鼻は高いほうが上等、目は大きいほど美しい。脚は細く長いほうがいい、という誰が決めたか知らないが美醜の規準が出来上って一喜一憂している。仕方がないことかも知れないが、時にはうんと素朴に、生きてゆくには何が大切か考えてみるのも無駄ではないような気がしている。

「美醜」(『男どき女どき』)

立派な死に顔である。

感心しながら、人はこんな顔では死ねないなと思った。

牛は生れたときから諦《あきら》めている。

人は、叶《かな》わぬと知りながら希望を持ち、生に執着しながら死んでゆく。牛を食べる人間のほうが、食われる牛よりおびえた顔をして死んでゆくのである。

「牛の首」(『夜中の薔薇』)

「おふくろが死んだ時だったなあ。悲しくてねえ、メシなんか咽喉《のど》通らないと思ったんだ。ところが、ちゃんと時分どきになるとハラがへるんだなあ」

「……」

「人間て奴は、悲しいっていうかおかしいっていうか……」

「……」

「強情はるのは、いいことだよ。でもねえ、素直になるのも……いいことだよ」

小説『寺内貫太郎一家』

「それにしてもよく判らないわねえ」

きんが突然、顔をあげて、

「判らないところがいいんじゃないの。何でもかんでも判っちゃったら、長生きしてたって、ちっとも面白くありゃしない」

小説『寺内貫太郎一家』

「人間なんてそんなもんだよ。おふくろが死んで、胸がつぶれるってのはこのことか、と思うくらい参ってたって、腹もへるし、眠くもなるんだよ」

小説『あ・うん』

「人間なんてものは、いろんな気持隠して生きてるよ。腹断ち割って、はらわたさらけ出されたら、赤面しておもて歩けなくなるようなもの抱えて暮している。自分で自分の気持に蓋《ふた》して、なし崩しにごまかして生きてるよ。みんな思い通りにやりたいんだよ。やりたいけど度胸がないんだよ」
門倉は、仙吉、たみ、君子、一人一人を見て、自分に言ってきかせるように呟いた。
「たった一度しか生きられないんだ。自分に正直に振舞えばいいんだよ。それをみんなまわりに気兼ねして、お体裁つくって綺麗《きれい》ごとで暮しているんだよ」
小説『あ・うん』

中将「よく遊ぶ人間はよく働くというのは本当だな」
『源氏物語』

中将「決断するということは、小さいものを切り捨てるということですよ」
『源氏物語』

勘一郎「栄枯盛衰は時のならいだ、人間の価値とは関係なし！」
『どてかぼちゃ』

サチ子（声）「麻酔をかけられて意識が無くなったときのはなしを聞いたことがあ

ります。この人が、とびっくりするような、恥ずかしいことを言うそうです。気取っているけれど、本当はみな、かなり生臭いことを考えているのです」

『隣りの女──現代西鶴物語』

門倉「人間てやつは、いい方にも自分を飾るけど、悪い方にも飾るんだなあ。『露悪《ろあく》』もかっこつけてることに変りはないですよ」

『家族熱』

時子「迷うことがどして恥かしいの、モタモタ迷うよりキッパリ決める方がどして上等なの。あたしね、迷う人間の方が好き。人生の一大事を、パッと思い切りよく決められるなんて、大ざっぱなのよ。いいじゃないの、七転八倒して迷いなさい」

『家族熱』

謙造「久しぶりに暇が出来たんで街を歩いたんだ。
今までは、仕事だ出世だ──目の色かえて──何の花が咲いて何の花がちったのか知らない間に年月がすぎていた。
落葉をひろったのも生まれてはじめてだよ」

美しく紅葉した落葉。

謙造「いろんな、大事なものを、見落して生きてきたってことに気がついた。人の気持もふみにじった。人の苦しみにも気がつかなかった。もう一度、やり直せたら——
もう遅いか——」

『家族熱』

やきどり「とことん、困ったらいいんだよ」

カツ「え？」

やきどり「とことん、さびしい気持ち、味わったらいいんだよ」

カツ「おやっさん」

やきどり「そこから道が開けんだよ」

カツ「——道が開ける——ねえ」

やきどり「人生なんてこんなもんだと思って、あきらめてさ、折り合いつけて、やってくか——ま、ゼイタク云《い》わねえで、このヘンでガマンすっか——折れてさ——茶飲み友達でもめっけて、面倒みてもらうか」

カツ「(感心する) ダテに年とってないねえ」

『カンガルーの反乱』

菊男（N）「夕暮時というのが嫌いだった。昼間の虚勢と夜の居直りのちょうどまん中で、妙に人を弱気にさせる。ふっと本当のことを言いそうで腹が立ってくる」　『冬の運動会』

菊男（N）「ムキになって走っていたら、不意に子供の頃の運動会を思い出した。秋の天気のいい日だった。紙でできた万国旗や音楽の先生がかけるレコードや耳元で鳴る風や父兄の席の応援は、みんな俺のためにあった。あの頃は、裏も表もなかった。伸び伸びして、自然だった。まわりのものを信じて、まっすぐ前だけを見て走っていた。もう一度あの時の自分にもどりたい。だが、もう季節は冬になっていた」　『冬の運動会』

菊男（N）「朝はいつもと同じ顔をしてやってきた。一人の女が人生の半分しか生きないで死んでいったというのに。いつものように朝陽《あさひ》が昇り、人々は昨日と同じように目を覚まして働き始める。世の中は小気味がいいくらい残酷だ。オレたちも生きている証拠に、朝の空気を胸いっぱい吸いこんで、少し笑ったりしながら歩いてきた」

『冬の運動会』

石沢「お父さん。リクツに合わないもんなんですよ。人間の気持ってやつはね。
あっちも本当、こっちも本当」
修司「――――」
石沢「本当の気持はひとつっきゃないってほうが、オレ、不自然だと思うけどね。
ウソつきだと思うけどね」
修司「自分に都合のいいリクツつけやがって」
石沢「そうかな」
修司「そうだよ」

『蛇蠍のごとく』

誠「お父さん。オレね、今晩いろんなこと考えさせられたよ。サラリーマンになったら出世しなくちゃなンない。小さい家よかでかい家に住みたい。背広も高い方がいい。品のいい言葉使ってしゃべる人間のこと上等だ、そう思ってやってきたよ。でもねえ、生き方、暮し方ってのは、色々あるんだよなあ……」

二人「……」
誠「食いたいもの食って、見たいもの見て、楽しんで、そして安らかにねむる、そういう見栄はらない暮しも人間らしくていいなあ。オレ、本当にそう思ったよ」
『だいこんの花』
有吾「いや、青春だねえ」
清子「あら、青春てのはさ（言いかける）」
有吾「かっこいいだけじゃないんだよ。金がなくてみっともなくて、見栄っぱって、無闇矢鱈《やたら》に腹が立って、そういうのも、青春なんだよ」
『毛糸の指輪』

さつき「あの晩、もう少し勇気があったら……あたしは別の人生を歩いていただろうって……」
有吾「その人生がよかったかどうか」
さつき「（一方的にしゃべる）いま、あの年からやり直しが出来たら、あたし、あの人の部屋に行ってるわね」

有吾「行くだけが勇気じゃないよ。行きたいけど、踏みとどまって行かないのも、もっと大きな人間らしい勇気ですよ」

さつき「清子さん、人間はね、一度しか生きられないのよ。あとで悔いを残さないように、ようく考えて。ね」

『毛糸の指輪』

とし江「人間なんて、フタ開けりゃ、何が飛び出すか判んないもんなのねえ」

米倉「だから面白いんじゃないか」

とし江「これから先も、あるかしらねえ、びっくりすることが」

米倉「死ぬまであるさ」

『びっくり箱』

2　物がおいしい間は、死んじゃつまりませんよ――老いと死と

親のお辞儀を見るのは複雑なものである。面映《おもは》ゆいというか、当惑するというか、おかしく、かなしく、そして少しばかり腹立たしい。

自分が育て上げたものに頭を下げるということは、つまり人が老いるということは避けがたいことだと判っていても、子供としてはなんとも切ないものがあるのだ。

「お辞儀」（『父の詫び状』）

若さにまかせ、気持にまかせて、好きに振舞い、まだ大丈夫とたかをくくっているうちに髪に白いものがまじり、時間が足りなくなって取り返しがつかなくなる。祖母は、自分にいいきかせる形で、私に教えてくれたのだ。

「あだ桜」（『父の詫び状』）

無学な人間の想像だが、昔、子供の守りや寝かしつけるのは、もっぱら老人の役目だったのではないだろうか。老人たちは、孫に自分を主人公にしたはなしを聞かせてやる。現実には、体も利《き》かず人を育てる役目も終り、厄介者《やっかいもの》扱いされかかっている老人が、話の中では生き生きとして主人公を演じている。どこかで見聞きした話に尾ひれをつけ、自分を被害者に仕立てながら、ちょっぴり夢をまぜて、幼い者に話して聞かしたのではないか。

桃太郎には、老人の夢が、浦島太郎には老いた男の夢と諦めが、みごとに語られている。

「兎と亀」(『霊長類ヒト科動物図鑑』)

「ばあちゃん、きったねえな、もう!」

いつもの通り、周平は景気づけのつもりで言ったのだが、きんの返事は、妙に静かだった。

「ばあちゃん、そんなに汚ないかい。一緒にごはん食べるの嫌なくらい汚ないかい」

包丁を持った里子の手が、ギクッとして止まった。周平も弱っている。

「本当に汚なけりゃ言わないよ。ひがむなよ、ばあちゃん」

「お前だって、いつかは七十になるんだよ」

小説『寺内貫太郎一家』

「年取ったら長生きは考えものですねえ。早いとこ、こういう四角いのになったほうが幸せだ」

「食欲がないんですか」

「いえ、ごはんはおいしいんですけどね」

上条はやわらかく笑いかけた。

「物がおいしい間は、死んじゃつまりませんよ」

小説『寺内貫太郎一家』

なにもないおだやかな、黙々と草を食《は》むような毎日の暮しが、振りかえれば、したたかな肉と脂《あぶら》の層になってゆく。肩も胸も腰も薄い波津子も、あと二十年もたてば、幹子になる。幹子がなにも言わないように、波津子もなにもしゃべらず年をとってゆくに違いない。

「三枚肉」（『思い出トランプ』）

巻子（声）「老いた母は何も知らず、共白髪を信じておだやかに暮している。私達姉妹は集ってため息をつく。

波風を立てずに過ごすのが本当に女の幸福なのか——そんなことを考え

る今日この頃である」　『阿修羅のごとく』

咲子「お父さん、ひげ、まっ白ね」
滝子「男って、朝可哀想ね、ひげのびるから――」
鷹男「――その代り、女はやつれんだよ」
綱子「年の順にね……」　『阿修羅のごとく』

重光「ゆっくりと、流れてゆきますな」
松子「――雲ですか」
重光「時ですよ。タイム」
松子「――私たちの時間は、お若い方の時間とは違いますものね」
重光「一分一秒でも、無駄にしてなるものか、という気がしますよ」
松子「(うなずく)」　『家族熱』

ひさ「生きてるうちが花だねえ」
雪「こやって四角いとこ、入ってしまったら、おしまいだ」

ひさ「なんかするんなら生きてるうち。骨になっちゃ、何にも出来ないんだから」

雪「心残りがないように、トロでも頂こう。ナンマイダブナンマイダブ」

『びっくり箱』

源助「艦長。あーあ、大丈夫ですか」

忠臣「石川、男は長生きすると子不孝だぞ、覚えとけよ」

『だいこんの花』

忠臣「初孫か……永山家に後継ぎが出来るのか……」

誠「……（感動）」

忠臣「フフフ。（笑ってしまう）成程ねえ。一人の人間が年老いてもう生きることに飽きる頃になると、次の命が芽ばえてくるんだねえ」

まり子「お父さん、孫と遊べば飽きないんじゃないですか」

忠臣、うなずく。

それから、少しもじもじして、誠の顔を見ないで小さな声でいう。

忠臣「もう少し……」

誠「え？」

忠臣「もう少し……生きても、いいかなあ」

『だいこんの花』

3 昔の女は、忙しかったものねえ──むかしの人と暮し

英子の祖母は器用な人だった。節は高くなっているがよく撓《しな》う指で、裁ち縫い、伸子張《しんしばり》*から障子貼《は》りまで手際よくやってのけた。特に庖丁《ほうちょう》さばきが自慢で、嫁である英子の母に、

「あのひとは手脚気《てがっけ》だから」

と陰口を利《き》いていた。

*伸子張＝竹棒を使って、洗った布や染めた布のしわをのばし乾かすこと

「大根の月」（『思い出トランプ』）

「昔の日本人は、もっと慎しみというものがあったよ。そのなんだ『性』のことだってだな」

「セイだってさ」

周平が吹き出した。

「セイっていうと、いやらしいんだよ」

「何がいやらしい」

「何かむき出しでさ。セックスとか、もう少し言い方あるだろ」

「ちょっと待て！　日本語で言うといやらしくて、外国語でいうと洒落《しゃれ》てるのか？　便所っていうと臭くて、トイレっていえば失礼じゃないのか！」

女どもは顔をしかめる。

「何もごはん中に……」

「ああ、臭《にお》ってきた」

「どこの世界に、便所のこと言うのに自分の国の言葉使わないで、外国語使ってる国がある？　オレはそういう問題も含めて、昨今の日本人は」小説『寺内貫太郎一家』

「お前な、十七の時に」

「え？」

「十七の時に、なに考えてた」

「そうねえ」

里子は、障子の、もっと向うの、遠くをみつめた。

「十七ねえ。そうだわ、女学校の校医さんが男の先生でねえ。このへんが……」

里子は着物の胸のあたりを押えた。

「こう……出っぱり始めてたでしょ。体格検査が嫌でねえ。あれ、たしか十七の時よ」

貫太郎はパチンパチンと爪を切っている。

「それと――戦争が終って、アメリカ映画がきたのよ。ディアナ・ダービンの『春の序曲』と、グリア・ガースンの何とかっての見にいって――初めて接吻《せっぷん》のシーン見たわ。どして鼻と鼻がぶつからないのかしらなんて……」

「馬鹿だな、お前は」

「あら、昔の十七なんて、そんなもんですよ」　　　小説『寺内貫太郎一家』

きん「この頃の若い人は、物の冥利《みょうり》ってもの知らないから。あたしなんざ、ほら
おとといからこれ」

何やら小汚ないのを出してみせる。

きん「こっちでチーンとかむだろ。そしたらこうたたんで、こっちでチーン」
静江「おばあちゃん、もう判ったわよ」
きん「一億の人間が白い紙でハナかむんだもの、そのうち日本はつぶれるね」
『寺内貫太郎一家』

貫太郎「近頃の若い奴らみたいに、ちょいといいとなりゃすぐくっついたり出来る時代じゃないんだ。どんなに惚《ほ》れてたって、男は戦争に行かなきゃなんなかった……個人が泣いたってほえたって、どうにもなんないんだよ。戦争ってもンが、こう生木《なまき》を裂くみたいに男と女を……（引き裂く身ぶり）」
『寺内貫太郎一家』

きん「ここの奥はね、人間の歯の中で一番おそく生えるんだよ。貫太郎は、ありゃ徴兵検査に生えたから」
里子「そういえば、二十歳《はたち》過ぎてからですねぇ、親知らず生えるのは」
きん「昔は人間が早死にだったからねぇ。子供の親知らずが生える頃にゃ、生きてない親も多かったんだろよ」
『寺内貫太郎一家』

佳代「あたしも、小さいときだったから、うすぼんやりしか覚えてないんだけど——お母さんていうと——どういうのかしら、腕の——ここ（手首）にゴム輪はめてんの。それ、思い出すのよ。冬の寒い日でも、かっぽう着の袖《そで》、このへんまでたくしあげて、ここのとこにいつもゴム輪はめてたわ。ひびわれたまっ赤な手にゴム輪が食いこんでたわ。きっと、もったいないっていうんで、自分の手にはめてとっといたのね」　『こけこっこー！』

巻子「お母さんねえ、あたしぐらいの時、なに考えてた？」

ふじ「——そうだねえ……（手を動かしながら）なに考えてたんだろ……」

二人「——」

ふじ「毎日毎日に追われて、考える暇なんか、なかったんじゃないかねえ」

綱子「昔の女は、忙しかったものねえ……」

巻子「あたし、お母さんが何もしないで坐《すわ》ってるのってみたことない——」

綱子「ないわねえ……」　『阿修羅のごとく』

人間の病気は、上へゆくほど上等とされる。さと子も水虫より頭痛のほうが格が上に聞えたし、おなかが悪いというより胸が悪いというほうが素敵だと思っていた。九条武子*夫人も胸だから人気があるのだ。

*九条武子＝歌人、教育者。西本願寺の法主である大谷家に生まれる。大正三美人の一人。享年《きょうねん》四十二　小説『あ・うん』

義彦「みんなに踏みつけられている道ばたの小さな石っころにだって怒りがあるんだよ。真実があるんだよ！」
さと子「あッ！『路傍の石！』山本有三の」
義彦「読んでたの？」
さと子「うち、新聞、朝日なんです。もう、朝刊くると読みたくて——。でもねえ、うちの父も愛読してて、くるとすぐ抱えてご不浄へ入っちゃうんですよ」
義彦「フーン。さと子さん読んでるの」
さと子「吾一少年の運命、どうなるんだろうなんて、毎日胸ドキドキして——あれどうして途中でやめたんですか」

義彦「やめたんじゃないよ。やめさせられたんだ」
さと子「どうして？（小さな声で）政府にですか――」
義彦「――石を踏みつけてゆく奴らがいるんだろう」
さと子「――。こういうこと、日本だけですか」
義彦「――」
さと子「ソビエト・ロシヤには、ないのかしら」
義彦「――そういうこと、お父さんやお母さんの前では言わない方がいいな」
さと子「――弾圧されちゃうかしら」
義彦「（笑いながら、うなずく）」

『続あ・うん』

4　事件の方が、人間を選ぶのである――日常という冒険

そういえば、葬儀の時に、小さなことだが気持にひっかかることがある。

遺族の、それも、亡《な》くなった人に近い女性がいま美容院から帰りましたという風に、髪をセットして居並んでいると、焼香をしながら、胸の隅に冷えるものがある。

死を嘆き悲しむ気持と、美容院の鏡の前でピン・カールをしたりドライヤーに入ったりする動作と時間は、私の中でどうしてもひとつに融け合わないのである。

「隣りの神様」（『父の詫び状』）

写真は撮るのもむつかしいが撮られるのはもっとむつかしい。

「自然な顔で笑って下さい」

といわれただけで不自然な顔になり、こわばった笑いが印画紙に残ってしまう。カメラに媚《こ》びている自分にふと嫌気がさし、口許《くちもと》は笑っているのに目はムッとしていた

りという奇怪なことになったりする。特に何人か一緒に記念写真を撮る時に、同じ間《ま》で自然に微笑するというのは至難のことに思える。

「記念写真」(『父の詫び状』)

歩行者天国というのが苦手である。

天下晴れて車道を歩けるというのに歩道を歩くのは依怙地《えこじ》な気がするし、かといって車道を歩くと、どうにも落着きがよくない。

滅多に歩けないのだから、歩ける時に歩かなくては損だというさもしい気持がどこかにある。頭では正しいことをしているんだと思っても、足の方に、長年飼い慣らされた習性かうしろめたいものがあって、心底《しんそこ》楽しめないのだ。

この気持は無礼講に似ている。

「ごはん」(『父の詫び状』)

「人間はその個性に合った事件に出逢《であ》うものだ」

という意味のことをおっしゃったのは、たしか小林秀雄という方と思う。

さすがにうまいことをおっしゃるものだと感心をした。私は出逢った事件が、個性というかその人間をつくり上げてゆくものだと思っていたが、そうではないのである。事件の方が、人間を選ぶのである。

「お軽勘平」(『父の詫び状』)

お伽噺《とぎばなし》というのは、大人になってから読むほうが面白い。

「あだ桜」(『父の詫び状』)

タクシーというのは不思議なもので、降りたとたんに、ふっと別の世界のことのように思えて忘れてしまう。タクシーが走り去るのと同じように記憶も遠ざかってしまうものだ。

「車中の皆様」(『父の詫び状』)

思い出というのはねずみ花火のようなもので、いったん火をつけると、不意に足許で小さく火を吹き上げ、思いもかけないところへ飛んでいって爆《は》ぜ、人をびっくりさせる。

「ねずみ花火」(『父の詫び状』)

土地にも物にも人間にも、別れの悲しくない程度につきあったほうがいい、という考え方が身についてしまったようだ。

生れたところで育ち、一生ひとつ土地で暮す人間とは、もとのところで考え方が違うような気がしている。

「隣りの匂い」(『父の詫び状』)

考えてみると、財布や手袋以外の目には見えない、それでいてもっと大事なものも、落したり拾ったりしているに違いない。こちらの方は、落したら戻ってこない。その代り拾ったものは、人の情けにしろ知識にしろ、猫ババしても誰も何ともおっしゃらないのである。

「わが拾遺集」（『父の詫び状』）

思い出はあまりムキになって確かめないほうがいい。何十年もかかって、懐しさと期待で大きくふくらませた風船を、自分の手でパチンと割ってしまうのは勿体《もったい》ないではないか。

「昔カレー」（『父の詫び状』）

自分のうちで犬を飼っている癖に、よその犬を可愛がるのは、うしろめたいが捨てがたいものがある。

うちの犬に済まないと思いながら、撫《な》でたり遊んだりする。おなかひとつ掻《か》いてやるにしても、うちの犬を凌《しの》がないように気を遣いながら、微妙な反応の違いを味わっているのである。

「鼻筋紳士録」（『父の詫び状』）

高い山ほど裾野《すその》が広い。

　　　　　　　　　　　　　　　　「雷・小さん・ブラームス」（『眠る盃』）

人間はあまり高いところに住まないほうがいいな、と思った。なるべく地面に近いところに立ち、人と人はおたがいに同じ高さでつき合った方がいい。全く根拠のないことだが、歩兵の方が人間的で、騎兵はすこしばかり薄情なのではないか。そんなことも考えた。

「騎兵の気持」(『眠る盃』)

記憶や思い出というのは、一人称である。単眼である。

この出来ごとだけは生涯忘れまいと、随分気張って、しっかり目配りをしたつもりでいても、衝撃が大きければ大きいほど、それひとつだけを強く見つめてしまうのであろう。

「中野のライオン」(『眠る盃』)

民主主義の辛《つら》いところは、多数決ということである。

このままでゆくと、日本はいずれ横書きの国になる。

週刊誌も新聞も、区役所の戸籍謄本《とうほん》もみな横になる。縦書きは、神主さんの読む

「祝詞《のりと》」ぐらいになってしまう。

「縦の会」(『無名仮名人名簿』)

世の中で自分ひとりがすぐれている。私のすることに間違いなどあるわけがない。違っているのは相手であり世間である。

天上天下唯我独尊《てんじょうてんげゆいがどくそん》は、お釈迦《しゃか》様ならいいが、凡俗がやると漫画である。

「唯我独尊」(『無名仮名人名簿』)

凝り性で人にすすめた人は、自分の熱が冷め転向すると、バツが悪いのか少し疎遠《そえん》になる。

「転向」(『無名仮名人名簿』)

「秘すれば花」ではないが、人に誇るただひとつのものがあるとしたら、それはおもてにあらわすより隠しておく方が幸せになるような気がして仕方がない。

「黒髪」(『無名仮名人名簿』)

少しずつ、目に見えない勢いで、じりじりと人間は機械に押されている。自転車や懐中電灯までは何とか判ったが、テレビだのクーラーとなると、もうお手上げである。

コンピューターとなると、もう見当がつかない。

だから、こういう機械が故障する、間違えると、ブン殴りながら、少しほっとする。美人で出来のいい女房を持ち、いつも頭が上らないでいた男が、やっとひとつ欠点を見つけ、叱言《こごと》を言いながらほっとしているのと似ている。

機械を憎み愛し信用して、「人」としてつきあっているところがある。ただし、新しい機械を創《つく》り出すのは、どんな時でも機械を殴らない男たちである。

「殴る蹴《け》る」(『無名仮名人名簿』)

毎日のように通っていて、ときどきは揚げ立ての匂いに釣られてコロッケを買ったりしていたのに、取りこわしになり、高層ビル建築中の板囲いになってしまうと、さてもとはどんな風だったのか、すぐには思い出せないのだから、人間の記憶などというものはあやふやなものだと思えてくる。

「隣りの責任」(『無名仮名人名簿』)

いつかテレビで、品のいい初老の婦人がはなしておられたのが心に残って、これだけは真似《まね》をさせていただいていることがある。その人はこう言われた。

「お風呂《ふろ》から出たら、愚図愚図《ぐずぐず》しないですぐ着物を着るようにしています。地震はいつあるか判りませんから」
「自信と地震」（『無名仮名人名簿』）

目をつぶって清水《きよみず》の舞台から飛びおりる、という言い方がある。

一大決心をして何か事を行なうときは、それこそ小さいことには目をつぶって、エイッとばかりやらなくてはならないが、落ちた時、ぶつかった時は、目をつぶったほうが負けのようである。
「目をつぶる」（『無名仮名人名簿』）

手をあげてタクシーをとめ乗り込むとき、人はささやかな運命論者になるのではないか。

何気なくとめた車が、手入れの行き届いた、感じのいい運転手さんの車ということもある。行先を申上げても聞えているのかいないのか、返事もせずに走り出し、念のためもう一度行先を告げると、

「耳が聞えないと運転免許は取れないの」

と叱《しか》られたりする。そういう車は運転も荒っぽいことが多い。
「安全ピン」（『霊長類ヒト科動物図鑑』）

新しいことばは、頭のなかでだけ使っても、日常のなかでは口に出さない人間と、勇猛果敢に使ってみる人間と、人は二通りに分けられるように思った。

「なかんずく」（『霊長類ヒト科動物図鑑』）

ごくたまに、ほんの少し泣くのは、目のためにはよいのだそうである。涙には、○・何パーセントだか忘れたが、塩分が入っている。それが目の表面についたゴミを洗い流してくれる。ヘタな目薬よりいい、と何かの本で読んだような気がするが、私の記憶だからあてにならない。

「泣き虫」（『霊長類ヒト科動物図鑑』）

チップとお賽銭《さいせん》を一緒くたにすると叱られるかも知れないが、このふたつは何だか似ているような気がする。

お願いするからには、おしるしでも差し上げて、感謝の気持や誠意を見せなくてはいけない。

少な過ぎるのもうしろめたいが、うっかりして多く上げ過ぎると、しまったと思ってしまう。

「香水」（『女の人差し指』）

麻は、お地蔵さまを好きになれなかった。あの人のいい顔は、どこか胡散《うさん》臭い。

「そうかそうか。可哀そうに可哀そうに」

と言いながら、口先だけで、すこしたつとケロリと忘れて居眠りをしているような気がする。赤いよだれ掛けも猥《みだ》りがましい。

「男眉」（『思い出トランプ』）

急がない時に限って、バスも地下鉄も早く来る。気の進まないところへ出掛ける時は、時刻表通りに、したり顔でやってくる乗り物まで自分を嬲《なぶ》っているように思えて、時子は腹が立った。

「りんごの皮」（『思い出トランプ』）

第四章　自身を語る——私は極めて現実的な欲望の強い人間です

向田邦子の透徹した観察眼については、すでに本書で何度か触れてきた。

その観察眼をもとに、時にユーモラスに、時に辛辣《しんらつ》に、向田が描く人物たちの姿は、実在を疑わせないリアルさを備え、実際の人間というものがそうであるように、抱えている屈託や欲望を影のようにまとわせている。では、そんな向田にとって、自分自身はどんな存在であったのか。本章ではそこを取り上げてみたい。

昭和五十五年(一九八〇)、『小説新潮』二月号で連作短編の連載が始まった。のちに『思い出トランプ』として一冊にまとめられる、向田初の小説作品の連載である。

向田に小説を書くよう勧めたのは、当時の『小説新潮』編集長、川野黎子《れいこ》だという。川野は実践女子専門学校で向田の同級生という縁があった。だが、川野自身はこう語っていたそうだ。

「エッセイをお願いしてたのに、小説が来たから吃驚《びっくり》したのよ。だけど向田さんは原稿が遅かった。大学の同級生だから遠慮なく『十年早い！』って怒ったんだけど、内容は最初から文句なし」

そして同じ五十五年三月には、『阿修羅のごとく』と並ぶ向田ドラマの名作『あ・うん』（NHK）が放送された。舞台は昭和初期の東京。主な登場人物はフランキー堺演じる水田仙吉と妻のたみ（吉村実子《じつこ》）、そして仙吉の親友である門倉修造（杉浦直樹）の三人だ。門倉は心の中でたみを想《おも》っており、その気持をたみも仙吉も知っている。しかし門倉はそれを言葉にしたり行動に移したりしない。不思議な均衡の中で過ぎていく日々を水田家の一人娘、十八歳のさと子（岸本加世子）の視点で追っていく。向田脚本のきめ細かい感情描写をもとに、演出の深町幸男が見事に映像化した、テレビドラマの歴史に残る一本である。

さらにこの年の七月、『小説新潮』に連載中で、まだ単行本にもなっていない短編三作（「花の名前」「かわうそ」「犬小屋」、いずれも『思い出トランプ』所収）によって、第八十三回直木三十五賞を受賞する。

直木賞作家として、人気脚本家として、脚本もエッセイも小説も同時進行で執筆する超人的な日々——二十八歳で脚本家としてデビューした向田は五十歳になっていた。

このとき、台湾での不慮の死がわずか一年後に迫っていたことなど、誰も予想だにしていなかった。

エッセイ集『男どき女どき』に収められた、「無口な手紙」という文章がある。そこで向田は望ましい手紙について語っている。

「簡潔、省略、余韻《よいん》、この三つに、いま、その人でなければ書けない具体的な情景か言葉が、ひとつは欲しい」とあるが、これは向田が書く全《すべ》ての文章に共通することだとも言える。誰もが見逃してしまいそうな日常的事象を、独自の角度からすくい上げることで、隠されていた「何か」を見せてくれる彼女のエッセイはその真骨頂かもしれない。その手つきの見事なことといったら、そして、文章の端々から一瞬見える、なんとも言えぬ向田の素顔の魅力といったら。

他者に媚《こ》びない。甘えない。気取らない。人を既成概念で判断しない。自分なりの筋を通す。プライドを持って生きる。おいしいものに目がなく、料理上手。ファッションを含めた独特の美への感性を持つ——大人の女性の優しさと厳しさの双方を持ち合わせた人間が、心の中で像を結ばないだろうか。

1　それが父の詫び状であった――父と母のこと

いつも通り父は仙台駅まで私と弟を送ってきたが、汽車が出る時、ブスッとした顔で、

「じゃあ」

といっただけで、格別のお言葉はなかった。

ところが、東京へ帰ったら、祖母が「お父さんから手紙が来てるよ」というのである。巻紙に筆で、いつもより改まった文面で、しっかり勉強するようにと書いてあった。終りの方にこれだけは今でも覚えているのだが、「此《こ》の度《たび》は格別の御働き」という一行があり、そこだけ朱筆で傍線が引かれてあった。

それが父の詫び状であった。「父の詫び状」（『父の詫び状』）

暗い不幸な生い立ち、ひがみっぽい性格。人の長所を見る前に欠点が目につく父に

とって、時々、間の抜けた失敗をしでかして、自分を十二分に怒らせてくれる母は、何よりの緩和剤になっていたのではないだろうか。

「お母さんに当れば、その分会社の人が叱《しか》られなくてすむからね」

と母はいっていた。

「隣りの神様」（『父の詫び状』）

結婚した時は落ち目になっていたが、母は幼い時、裕福に育てられた人であった。親兄弟の愛情にも恵まれ、稽古事も仕込まれてお嫁に来た。

父にない豊かさと明るさが、母のまわりにはあった。父はそれを愛したに違いないが、同時に嫉《ねた》ましさもあったのだろう。母や、母の実家をそしる時、鼻の形を口にすることがあった。

私は、父のこういうところが大嫌いだった。

「鼻筋紳士録」（『父の詫び状』）

文面も折り目正しい時候の挨拶《あいさつ》に始まり、新しい東京の社宅の間取りから、庭の植木の種類まで書いてあった。文中、私を貴女と呼び、

「貴女の学力では難しい漢字もあるが、勉強になるからまめに字引きを引くように」

という訓戒も添えられていた。

褌《ふんどし》ひとつで家中を歩き廻り、大酒を飲み、癇癪《かんしゃく》を起して母や子供達に手を上げる父の姿はどこにもなく、威厳と愛情に溢《あふ》れた非の打ち所のない父親がそこにあった。

暴君ではあったが、反面テレ性でもあった父は、他人行儀という形でしか十三歳の娘に手紙が書けなかったのであろう。もしかしたら、日頃気恥しくて演じられない父親を、手紙の中でやってみたのかも知れない。

「字のない葉書」（『眠る盃』）

私の父は苦学力行の人物で、子供の成績も一番でないと機嫌が悪かった。長女の私には特にきびしく、弟妹たちの手本であれ、と行儀を口やかましく言われて大きくなった。頭の中にいつも「一」という数字があった。賞《ほ》められたさに私も張り切り、それに応《こた》えた時期もあったが、正直言って、「一」にうんざりしていたのだと思う。「気をつけ」より「休め」の方が、AよりBが気楽で人間らしい。いま一番嫌いな数字は「一」であり、好きなのは「二」である。残念ながら、二号さんと間違えられたのは、あれ一回きりであった。

「Bの二号さん」（『眠る盃』）

兄弟げんかも、夫婦げんかも、母と祖母のちょっとした気まずさも、台風の夜だけは、休戦になった。一家をあげて固まっていた。そこが、なんだかひどく嬉《うれ》しかった。

父も母も、みな生き生きしていた。

「傷だらけの茄子《なす》」(『霊長類ヒト科動物図鑑』)

夕方になって雨が降り出すと、傘を持って駅まで父を迎えにゆかされた。今と違って駅前タクシーなど無い時代で、改札口には、傘を抱えた奥さんや子供が、帰ってくる人を待って立っていた。

父に傘を渡し、うしろからくっついて帰ってくる。父は、受取るとき、

「お」

というだけである。

ご苦労さんも、なにもなかった。帰り道も世間ばなしひとつするでなく、さっさと足早に歩いていた。

「知った顔」(『霊長類ヒト科動物図鑑』)

男の一生として考えると、苦労の多い割には必ずしも実りが大きかったとは言えない人生だったが、母に背中を掻《か》いてもらって威張っていた父の姿を考えると、男としては幸せな人ではなかったかと思う。

「孫の手」(『霊長類ヒト科動物図鑑』)

桃色を怖れ憎むことで、嫁姑《しゅうとめ》が団結していた。

物堅い月給取りの家である。

一家の稼ぎ手である父が、「桃色」のほうへ傾くことは、家庭の平和にとって由々《ゆゆ》しき一大事なのであろう。

女たちが必要以上に桃色を卑《いや》しみ、父のほうも、それに同調する姿勢を見せることで、家長の威厳を保っていた。

おかげで、私は今でも桃色に対してうしろめたい気分になる。長い間、馬鹿《ばか》にしていて相済みません、というところもある。

戦後、桃色はピンクと名を変えたが、子供の頃にしみついた偏見はまだ抜けないのである。

「桃色」（『夜中の薔薇』）

2 昔のセーラー服は、いつも衿《えり》が光っていた――少女時代のこと

戦前の夜は静かだった。

家庭の娯楽といえばラジオぐらいだったから、夜が更《ふ》けるとどの家もシーンとしていた。

「子供たちの夜」(『父の詫び状』)

子供の頃の夜の記憶につきものなのは、湯タンポの匂《にお》いである。

「子供たちの夜」(『父の詫び状』)

記憶の中で「愛」を探すと、夜更けに叩《たた》き起されて、無理に食べさせられた折詰が目に浮かぶ。

「子供たちの夜」(『父の詫び状』)

私は小学校三年生の時に病気をした。肺門淋巴腺炎《リンパせんえん》という小児結核のごく初期であ

る。

病名が決った日からは、父は煙草《たばこ》を断った。

長期入院。山と海への転地。

「華族様の娘ではあるまいし」

親戚《しんせき》からかげ口を利かれる程だった。

家を買うための貯金を私の医療費に使ってしまったという徹底ぶりだった。

父の禁煙は、私が二百八十日ぶりに登校するまでつづいた。

「ごはん」(『父の詫び状』)

この祖母は、一向一揆《いっこういっき》の本場である能登の生れだったせいか、熱心な仏教徒で夜寝るときは必ずお経を上げていた。私もおつきあいをさせられたのだが、この桃太郎の宿題でベソをかいたすぐあとだったと思う。お経が終ってから仏壇の前で私に歌を教えてくれた。

明日ありと思ふ心のあだ桜
　夜半《よわ》に嵐の吹かぬものかは

親鸞《しんらん》上人の作といわれているが、これがわが人生で最初に覚えた三十一《みそひと》文字《もじ》である。

「あだ桜」(『父の詫び状』)

莢《さや》がはじけると、一つ莢の豆はバラバラになる。うちの四人姉弟も、今は別々に暮していいるがたまに四人の顔があうと、子供の頃のはなしになる。

身体髪膚《しんたいはっぷ》之《これ》ヲ父母ニ受ク
敢《あえ》テ毀傷《きしょう》セザルハ孝ノ始メナリ

父も母も、傷ひとつなく育てようと随分細かく気を配ってくれた。それでも、子供は思いもかけないところで、すりむいたりこぶをつくったりした。いたずら小僧に算《そろ》盤《ばん》で殴られて、四ツ玉の形にへこんでいた弟の頭も、母の着物に赤いしみをつけてしまった妹の目尻《めじり》も、いまは思い出のほかには、何も残っていないのである。

「身体髪膚」(『父の詫び状』)

町の小さな写真館に入り、先生と私はならんで写真をとった。フラッシュが光る少し前、先生は、私の肩に手を置いた。

そこだけぬるいアイロンを当てたように温かくなった。今までは、おかしくて、どう我慢しても吹き出していた写真屋さんの黒い布も、玉子焼器みたいな銀色の機械から光る白い閃光《せんこう》もこの時は少しもおかしくなかった。

十二歳の私は、色の浅黒いやせて目ばかり大きい女の子である。K先生に肩を抱かれて困ったような顔をしている。子供がはじめてお酒を飲んで酔った時のようにも見える。これが、私の人生で家族以外の男性と初めて写した記念写真であった。

「記念写真」(『父の詫び状』)

「童は見たり夜中の薔薇」

暗い道を走りながら、気持のなかで歌ってみた。

子供が夜中にご不浄に起きる。

往きは寝呆《ねぼ》けていたのと、差し迫った気持もあって目につかなかったが、戻りしなに茶の間を通ると、夜目にぼんやりと薔薇が浮んでいるのに気がつく。

闇《やみ》のなかでは花は色も深く匂いも濃い。

子供は生れてはじめて花を見たのである。

「野中の薔薇」と歌ったのは、たしかゲーテだが、わたしは夜中の薔薇のほうがいい。

「夜中の薔薇」(『夜中の薔薇』)

子供の時分から客の多いうちで、客と主人側の虚実の応対を見ながら大きくなった。見ていて、ほほえましくおかしいのもあり、こっけいなものもあった。

だが、いずれにも言えることは、両方とも真剣勝負だということである。虚礼という見えすいた常套《じょうとう》手段とわらうのは簡単だが、それなりに秘術をつくし、真剣白刃の渡合いというところがあった。

決り文句をいい、月並みな挨拶を繰り返しながら、それを楽しんでもいた。

お月見やお花見のように、それは日本の家庭の年中行事でありスリリングな寸劇でもあった。

そして、客も主人もみなそれぞれにかなりの名演技であった。

「寸劇」(『霊長類ヒト科動物図鑑』)

昔のセーラー服は、いつも衿が光っていた。

替りがなかったこともある。石鹸《せっけん》も燃料も不足で、お風呂《ふろ》も一週間に二度とか三度という有様なので、髪もからだも垢《あか》じみていたのであろう。

今の学生たちは、毎日お風呂にも入れるし、セーラー服の替りもある筈《はず》である。それなのに、昔の私たちと同じ匂いがする。

あれは多分、ものが育つときの匂いなのかも知れない。

自分の気持やからだの変化が不安で、現実や未来をどう摑《つか》み取っていいか判《わか》らない。明るいような暗いような不思議なものが、セーラー服の内側にあった。寝押しをするスカートの襞《ひだ》の奥にかくれていた。

「セーラー服」（『女の人差し指』）

爪を嚙《か》む癖がある。

子供の時分は、爪だけでなく袂《たもと》からセルロイドの下敷きまでかじっていた。三角定規や分度器も歯型通りにデコボコになり、いつも隣りの席の友達に借りていた。借りた三角定規を嚙んでしまい、泣かれたこともあった。

「嚙み癖」（『眠る盃』）

小学校一年の時分から、算術が苦手であった。

小学校三年のときに大病をして、分数の基本を教わる時期に、一年の大半を休学したことも手伝い、あとは教室でひとりだけ取り残されているという感じであった。

過分数というのが、どうしても分からなかった。頭でっかちで、生意気な、いやな奴《やつ》という印象があり、見るからに好きになれなかった。

「引き算」（『霊長類ヒト科動物図鑑』）

その頃の私は痩《や》せて目ばかり大きな女の子で、

「大きくなったら本屋へお嫁にゆく」

と言っていたそうである。目玉の大きさは変らないが小肥りに肥って、お嫁にもゆかず、テレビの脚本《ほん》を書いて暮している。まだ世の中にテレビという言葉は生れていなかった。

「水虫侍」(『眠る盃』)

3　私は「清貧」ということばが嫌いです――「わたし」のこと

四方八方に精いっぱい目配りして、利口ぶった口を利《き》いていながら、一瞬の気のゆるみか言ってはならないことをポロリと言ってしまうのは、私の悪い癖である。

「ポロリ」（『無名仮名人名簿』）

撞球《たま》突きを見ていると、じかにその球を突かないで、別の球を突き、その球がはねかえりぶつかって、結局はその球にぶつかっているが、他人の親に孝行の真似《まね》ごとをしている自分の姿を見せつけられるようで、おかしくなってくる。

「桜井の別れ」（『無名仮名人名簿』）

おいしいものがあると、早く味わいたいと思うのか生れつき口がいやしいのかあわてて早く食べる癖がある。その結果、いい年をして、子供のようにしゃっくりが出てしまう。

そんなところから、舞台で芝居をしたり歌を歌っている最中に、しゃっくりが出たら、どんなに困るだろう、役者や歌手にならなくてよかったと思っていた。

「蜆《しじみ》」（『無名仮名人名簿』）

子供の時分、私は通信簿の「性質」というところに、たしか明朗活発と書かれていたような気がする。格別陰気な人間でもなさそうだから、多分当っていると思うが、もし一言で言うとすれば、軽率、オッチョコチョイというほうが当っていたのではないだろうか。

「助け合い運動」（『霊長類ヒト科動物図鑑』）

随分前のことだが、私は酔っぱらって、偉くなりたくないと言ったそうである。絶対に切手に顔がのらないようにしなくてはいけない。理由を聞いた相手に、

「だって、知らない人たちに裏からペロペロなめられるなんて気持悪くてくすぐったくて嫌じゃないの」

と言ったというのだから、身の程知らずもここまでくると漫画である。

「大統領」（『霊長類ヒト科動物図鑑』）

女学生の頃からレオナルド・ダ・ヴィンチという人が嫌いだった。

天才的な画家で建築家で彫刻家で、おまけに詩人で思想家で、もひとつ工業・理学方面にも造詣《ぞうけい》が深かったなんて、到底一人の人間とは思えない。自画像のデッサンを拝見すると、自惚《うぬぼ》れてよく描いたわけでもないだろうが端麗な美男である。非のうちどころがないというより面白味がなくて憎たらしいのだ。

「軽麵《カルメン》」（『霊長類ヒト科動物図鑑』）

なんでもたっぷりでなくては気が済まないくせに、お風呂だけはあまりたっぷりしていると、落着きがない。

湯船いっぱいに湯があふれている温泉場などで体を沈めるとザアと湯がこぼれることがある。

「ああ、もったいない」

と思ってしまう。戦争中、燃料がなくて、風呂は二日おきなどという苦労をした世代は、三十五年たってもまだミミっちさがとれないのだ。

「たっぷり派」（『霊長類ヒト科動物図鑑』）

親のない人が羨《うらや》ましい。

故郷が遠くにある人が妬《ねた》ましい。

活字のほうに仲間入りしてまだ日が浅いが、つくづくこう思うようになった。

ことばが使いにくいのである。

「酒を飲む」と書けない。

「尻をまくる」と書きづらいのである。

父は亡《な》くなったが、母は健在である。適齢期などとうの昔に過ぎているとはいえ、ある日突然娘が本名でものを書き出し、「酒」「尻」と書いたのを見たら、昔気質《むかしかたぎ》の人間としてどんな気がするだろう。おまけに私は東京生れで、親戚や友人もまわりに固まっている。なにかしでかすと、すぐ見つかってしまうのである。

「おの字」(『夜中の薔薇』)

他人の腑《ふ》に落ちないしぐさを見かけても、じろじろ見ないようにしようと肝に銘じたのだが、薄情なもので、いざ見物に廻ると、私は誰よりも熱心に見てしまう人間なのである。

「視線」(『夜中の薔薇』)

口紅のつけ忘れや洋服のほころびに気がつくと、どうしても態度に出る。心臆《おく》しているせいか楽しくない。いつものように魚屋のおじさんと冗談を言い合ったり、八百屋で値切ったりしないで、まっすぐ帰ってくるのである。

「口紅」（『夜中の薔薇』）

言葉は怖《おそ》ろしい。

たとえようもなくやさしい気持を伝えることの出来るのも言葉だが、相手の急所をグサリと刺して、生涯許せないと思わせる致命傷を与えるのも、また言葉である。

四十を越して、人の心の痛みも判る年頃になったのだから、少しは気をつけて物を言おうと思いながら、相変らず言葉でしくじりを繰り返している。思う通りに物を言って、人を傷つけずに済むようになるのは、一体いつの日のことだろうか。

「言葉は怖ろしい」（『夜中の薔薇』）

私は、それこそ我ながら一番イヤなところですが、自己愛とうぬぼれの強さから、自身の欠点を直すのがいやさに、ここを精神の分母にしてやれと、居直りました。

そのプラス面を、形の上だけでいえば、ささやかながら、女として自活をしているということでしょう。そして、世間相場からいえば、いまだ定まる夫も子供もなく、死ぬときは一人という身の上です。これを幸福とみるか不幸とみるかは、人さまざまでしょう。私自身、どちらかと聞かれても、答えようがありません。

ただ、これだけはいえます。

自分の気性から考えて、あのとき——二十二歳のあの晩、かりそめに妥協していたら、やはりその私は自分の生き方に不平不満をもったのではないか——。

「手袋をさがす」(『夜中の薔薇』)

私は「清貧」ということばが嫌いです。

それと「謙遜《けんそん》」ということばも好きになれません。

私のまわりに、この言葉を美しいと感じさせる人間がいなかったこともあります。

少しきつい言い方になりますが、私の感じを率直に申しますと、

清貧は、やせがまん、

謙遜は、おごりと偽善に見えてならないのです。

清貧よりは欲ばりのほうが性にあっていますし、へりくだりながら、どこかで認め

てもらいたいという感じをチラチラさせ、私は人間が出来ているでしょう、というヘンに行き届いたものを匂わせられると、もうそれだけで嫌気がさして、いっそ見栄も外聞もなく、お金が欲しい、地位も欲しい、私は英語が出来るのよ、と正直に言う友人のほうが好きでした。

「手袋をさがす」(『夜中の薔薇』)

お恥かしいはなしですが、私は極めて現実的な欲望の強い人間です。いいものを着たい、おいしいものを食べたい。いい絵が欲しい。黒い猫が欲しいとなったら、どうしても欲しいのです。それが手に入るまで不平不満を鳴らしつづけるのです。

若い時分は、さすがに自分のこの欠点を恥かしいと思い、もっと志を高く「精神」で生きようとしたものです。ところが、私は、物の本で読む偉い人の精神構造にくらべて、造りが下世話《げせわ》に出来ているのでしょう。衣食住が自分なりの好みで満ち足りていないと、精神までいじけてさもしくなってしまう人間なのです。このイヤな自分をどうしたらよいか、このことも考えました。

そして――私は決めたのです。

反省するのをやめにしよう――と。

「手袋をさがす」(『夜中の薔薇』)

4 私の勝負服は地味である——わたしの暮し

「君はインク瓶の中に糸ミミズを飼っているんじゃないのか」

と言われるほど、だらしなく続いた字を書くせいか、万年筆も書き味の硬い細字用は全く駄目である。大きな、やわらかい文字を書く人で、使い込んで使い込んでもうそろそろ捨てようかというほど太くなったのを持っておいでの方をみつけると、恫喝《どうかつ》、泣き落し、ありとあらゆる手段を使って、せしめてしまう。使わないのは色仕掛けだけである。「縦の会」(『無名仮名人名簿』)

新しい音楽。新しい衣裳《いしょう》。新しい考え方。正直いって、よく判らず、いいとも思えないのだが、そう言うと、オクレているようで気がひける。

「なんだ、こりゃ」

「なに、やってんの」

素面《しらふ》でこう言う勇気があればいいと思いながら、つい物判りのいい顔で笑っているのである。

「なんだ・こりゃ」（『無名仮名人名簿』）

大きいお金は、借りない、貸さないで暮しているが、細かいお金の貸し借りはよくある。ハンカチ、ちり紙、櫛《くし》なども、ちょっと拝借することがある。顔を貸せ、と凄《すご》まれたこともないし、知恵を貸せ、といわれるほどの人間でもないが、手を貸せ耳を貸せは、時々聞くことがある。

「拝借」（『無名仮名人名簿』）

「天網恢恢《かいかい》疎にして漏らさず」という。

老子のおことばで、天の法律は広大で目が粗いようだが、悪人は漏らさずこれを捕える、という意味だということを、たしか女学校のとき習ったようだが、どうも私はこの天の網にすぐ引っかかるように出来ているらしい。

「天の網」（『無名仮名人名簿』）

何事も正式にしないと機嫌の悪い父を見て育ったせいか、私は略式が好きである。応接間の三点だか四点セットが嫌いで、出鱈目《でたらめ》に椅子《いす》をならべ、靴下が嫌いで年中裸足《はだし》である。年賀も欠礼、マンション住いを幸い日の丸門松も出さないで暮している。ところが此《こ》の間、友人の為《ため》の小宴の席で、乾杯の前にオードブルに手を出そうとした年若《としわか》の友人の手を私はピシリと打っていた。あんなに嫌っていた正式魔の血が私の中にも流れていたのである。

「正式魔」(『無名仮名人名簿』)

向《むこ》っ気が強いようにみえて実は気が小さく、東京人特有のいい格好しいなので、私はこの中年主婦のようなみごとなお取替え作戦はやったことがない。

それどころか、買物をしてうちへ帰り、よく考えてみたら少し違っていたという実情を話せば取替えていただけそうな場合でも(勿論《もちろん》、衣類ではない)すこし迷った末に諦《あきら》めた。

いったん手にとり、自分のものとしたものを取替えるということに罪悪感があるらしい。

「お取替え」(『無名仮名人名簿』)

統計をとったわけではないが、妙に道を聞かれる日と、絶対にその種のおたずねのない日のあるのに気がついた。

聞かれる日は、普段着で、時間のゆとりのある日である。反対に、少し改まった外出着で出かける時、締切に追われて、せかせかしている時、考えごとをしたり気持の晴れない日は、まず呼びとめられることはない。

「道を聞く」(『無名仮名人名簿』)

新聞とひとくちに言うが、私の場合大まかに言うと三つに分けている。

配達されて、まだ読んでいない新聞。ざっと目は通したけれど、ラジオやテレビ欄は夜になっても見ることがあるから、すぐ手の伸ばせるところに置いておかなくちゃ、というときの新聞。これはまさしくシンブンである。

これが日付けがかわると、新聞紙になる。この場合の紙はシと呼んでいただきたい。

更にシが古くなって、三日から一週間たつと、新聞紙、がシンブンガミになってしまう。

他人様《ひとさま》のことは知らないが、私はこういう区分けで新聞を差別している。

「新聞紙」(『霊長類ヒト科動物図鑑』)

卵を買うときはおひる過ぎにする。

買物の都合で、午前中に卵を買ってしまったときでも、ケースを開けてなかの卵を取り出し、冷蔵庫の卵ケースに納めるのは午後からにする。

何故《なぜ》かというと、私の場合、午前中は手が眠っているからである。

血圧が低く、夜型なので、午前中は頭も体も完全に覚め切らず、どこかぼんやりして注意力が散漫である。ひとり暮しなので朝寝も出来ず、人並みの時間に起きてはいるが、大事にしている壺《つぼ》の水の入れ替えなどは必ずひる過ぎて、目はパッチリ、指の先に神経が行きとどいてからの仕事にしている。

「あ、やられた」(『霊長類ヒト科動物図鑑』)

円空の展覧会がいま開かれているが、このポスターや記事を見ると、胸がドキンとする。

円という字も空という字も大好きである。

円は、丸い、銭《せん》の百倍、それに大きいという意味がある。空は、天と地の間にひろがる大空の謂《いい》である。両方とも、ゆったりして、コセコセした小者の私には妬《ねた》ましくなるような字である。それでいて、ふたつならんで人の名前になると、ドキンとしてしまうのである。

「良寛さま」(『霊長類ヒト科動物図鑑』)

読書は、開く前も読んでいる最中もいい気持だが、私は読んでいる途中、あるいは読み終ってから、ぼんやりするのが好きだ。砂地に水がしみ通るように、体のなかになにかがひろがってゆくようで、「幸福」とはこれをいうのかと思うことがある。

「心にしみ通る幸福」（『夜中の薔薇』）

自分に似合う、自分を引き立てるセーターや口紅を選ぶように、ことばも選んでみたらどうだろう。ことばのお洒落《しゃれ》は、ファッションのように遠目で人を引きつけはしない。無料で手に入る最高のアクセサリーである。流行もなく、一生使えるお得な「品」である。ただし、どこのブティックをのぞいても売ってはいないから、身につけるには努力がいる。本を読む。流行語は使わない。人真似をしない——何でもいいから手近なところから始めたらどうだろうか。長い人生でここ一番というときにモノを言うのは、ファッションでなくて、ことばではないのかな。

「ことばのお洒落」（『夜中の薔薇』）

革を着るときは気負いが要る。

覚悟のようなものが要る。

自分に号令をかけて励ますところがある。胸の奥の気おくれや、小さな罪の意識をわざとそそり立てるような〝はしゃぎ〟が要る。大袈裟《おおげさ》に言えば加虐《かぎゃく》的な快楽といったような意地の悪さもある。

着ているうちに、そういったものがいつの間にか体の温みと馴染《なじ》んで融けてゆく不思議な面白さがある。

「革の服」(『夜中の薔薇』)

幸い母の病気は大したこともなく治まり、喪服は仕立て上って私の手許《てもと》に届いた。鏡の前で試着して出来ばえに気をよくしながら、私はドキンとした。長靴を買って貰《もら》った子供が雨の日を待つように、私も気持のどこかで、早くこの喪服を着てみたいとウズウズしているのである。嫌なところが父に似たものだと思った。

「隣りの神様」(『父の詫び状』)

少し奮発して、夏のセーターのいいのを一枚買った。

これでこの夏は決してセーター売場を歩かない。

何故《なぜ》かというと、買ったあとで、もっと気に入った色あいのものをみつけたりすると、面白くないからである。あっちのほうにすればよかったと、気持のどこかで自分のセーターに小さく八つ当りして、脱ぎ着の手つきが根性悪くなったりする。それが嫌なのだ。

同じものが特売で、安い値段で出ていようものなら、半日ぐらいは肝がやけて不機嫌になってしまう。

どう考えても精神衛生によろしくない。

「買物」（『女の人差し指』）

昔々のことになるが、友達に誘われて、歌声喫茶というところへ行ったことがあった。「ステンカラージン」や「赤いサラファン」「ボルガの舟唄」などを、ルパシカを着た歌唱指導員の指揮にしたがって合唱する。

はじめは面白かったのだが、次第に熱っぽ過ぎる空気がうっとうしくなった。ここで手を組んで合唱すればみんな仲間だというような、大げさに言えば集団恋愛のような狎《な》れ狎《な》れしさが嫌になり、足が遠のいてしまった。

「クラシック」（『女の人差し指』）

私はおしゃべりな人間で、ひとつの言葉を選ぶことが出来ないので俳句はつくれないが、もし将来、何かの間違いで句作をすることになったら、俳号はもう決めてある。有眠《ゆうみん》である。

「有眠」（『女の人差し指』）

牛蒡《ごぼう》のおいしさが判ったのは、おとなになってからである。ソプラノよりアルトが、日本晴れより薄曇りが、新しい洋服より着崩れたものが、美男より醜男《ぶおとこ》が好きになったのも此《こ》の頃である。　「麗子の足」（『無名仮名人名簿』）

得意になって人の世話をやき、気がつくと自分一人が取り残されている、というのは今に始まったことではない。　「潰れた鶴」（『眠る盃』）

なんだかわからないけれど、大きく深くて恐いもの……。これを教えてくれたのが、この本だったように思います。二十五年か三十年あとに、字を書いて身すぎ世すぎをするようになろうとは夢にも思いませんでしたが、最近になってこの本は私の中の何かの尺度として生きているという気がしてなりません。*

初めて手にした本は、初恋の人に似ています。初めて身をまかせた男性ともいえるでしょう。

さして深い考えもなく、だれにすすめられたわけでもなく、全く偶然に手にしたこの一冊は、極上の香り高い「ほんもの」でした。このことを私はとてもしあわせに思

＊夏目漱石「吾輩は猫である」

「一冊の本」（『眠る盃』）

っています。

一冊の辞書はスリ切れるまで一生使う。そして、あとは、ベストセラーばかり追いかけずに、なるべく人の読まない本、自分の世界とは無縁の本、むずかしくてサッパリわからない本を読むのも、頭脳の細胞活性化のためにいいのではないかと思います。

「国語辞典」（『眠る盃』）

私の勝負服は地味である。無地のセーターか、プリントなら単純な焦々《いらいら》しないもの、何よりの条件は着心地のよさと肩のつくりである。冬ならセーターだが、軽くて肩や袖口《そでぐち》の負担にならないもの。大きな衿《えり》は急いでペンを動かすとき、揺れるので嫌。袖口のボタンも駄目。体につかず離れずでなくてはならない。

「勝負服」（『眠る盃』）

自由は、いいものです。

ひとりで暮らすのは、すばらしいものです。

でも、とても恐ろしい、目に見えない落し穴がポッカリと口をあけています。

それは、行儀の悪さと自堕落《じだらく》です。自由と自堕落を、一緒にして、間違っているかたもいるのではないかと思われるくらい、これは裏表であり、紙一重のところもあるのです。

「独《ひと》りを慎しむ」(『男どき女どき』)

手紙にいい手紙、悪い手紙、はないのである。どんなみっともない悪筆悪文の手紙でも、書かないよりはいい。書かなくてはいけない時に書かないのは、目に見えない大きな借金を作っているのと同じなのである。

「無口な手紙」(『男どき女どき』)

人生の折り返し地点をはるかに過ぎ、残された明日は日一日と少なくなっているのに、まだ明日をたのむ気持は直っていない。さしあたって一番大切な、しなくてはならないことを先に延し、しなくてもいいこと、してはならないことをしたくなる性分は、かえって年ごとに強くなってゆくような気がする。

「あだ桜」(『父の詫び状』)

欲しいものがあってもはた目を気にして素直に手を出さないから、いい年をして、私は独りでいるのかも知れない。

「拾う人」(『無名仮名人名簿』)

テレビ・ドラマの打ち合せの時、小道具さんにいつもひとつだけお願いをする。電話機にカバーをかけないで下さい、特に花模様だったりすると、犬の洋服みたいで駄目なんですと我がままを言うのだが、我ながら女らしくないな、と思ってしまう。

カバーをかける男は性に合わないけれど、暮しの中のこまやかなものに覆《おお》いをかけ、大事にして暮す女は、同性として大好きである。この次生れたら、そういう生き方もいいなと思う。

「カバー・ガール」（『無名仮名人名簿』）

第五章　向田邦子の「仕事」——嘘をお楽しみになりませんか？

本章では向田邦子の仕事へのまなざしがどのようなものだったかを取り上げたい。向田ドラマは苦い。『時間ですよ』（TBS）も『寺内貫太郎一家』（同）も笑える箇所は随所にあるが、まるで糖衣に包まれた薬のように、ユーモアという甘さの奥にしっかり苦みがある。私にはそれが人生の苦みであり、生きることの苦みであるように思えるのだが、その苦みは同時に、向田邦子の手にかかると、何ともいえない滋味としても感じられる。それは、キャリアウーマンの先駆けとして働き続けてきた向田が「仕事」というものに向けるまなざしについても言えることだ。

向田のドラマにも、エッセイにも、そして小説にも、しばしば「愛すべき駄目さ加減」を備えた人物が登場する。彼らを見て「駄目だなあ」と思う一方、その駄目さ加減は読んでいる自分自身、あるいは親しい誰かを想起させたりする。だから彼らを切り捨てるわけにもいかないし、同時に自らを省みないわけにもいかない。

向田作品は時に、世間や人間に対して辛辣《しんらつ》だが、そう感じるのは、すでに読者が、視聴者が、前述したような登場人物への感情移入をすませているからだろう。その心の動きが、向田作品を極めて優れた批評として機能させているのだ。しかも作者の側に「愛」があるから、胸に迫る。「愛ある批評」と言えばいいだろうか。

脚本家の中には、小説は書かない、という人もいる。私などは、その期間がたった一年余りに終わってしまったとはいえ、小説を書く決断をした向田に感謝したくなる。

二十代前半から亡《な》くなるまでの約三十年間、向田邦子は一貫して「書くこと」を仕事としてきた。特にキャリアのスタートが雑誌の記事だったことに注目したい。求められたのは分りやすくて視覚的な文章である。

しかも記事は無署名だった。文章の中に「わたくしは」という主語は入らない。つまり、自分を出してはいけなかった。それは脚本も同様である。「わたしは」という語は、登場人物のセリフの中にしかない。

向田にとって、エッセイや小説は、脚本におけるト書きの延長だったのかもしれない。ドラマの脚本では、動作の説明をト書きで行う。しかし、「この人物はこんな気持ちをもっているけれど、それを表には出さずにこういうことをしているんですよ」という具合に心理までは書けない。脚本という制約のある表現行為の難しさであり、面白さでもある。

一方、エッセイでは「わたくし」の存在は大前提だ。小説では細かな心理描写が可能になる。向田にとっては大きな自由を手にしたと言えるだろうし、ドラマでは不可能なことができる面白さを感じていたはずだ。

数々の向田ドラマを演出してきた久世光彦が、その著書『夢あたたかき──向田邦子との二十年』の中で、彼女の小説についてこう書いている。

「シナリオの何倍も、小説の中には悔しい向田さんがいる。泣いているあの人がいる。日常では決してできなかった、叫んでいる向田邦子がいる」

向田をよく知るだけでなく、自身も小説やエッセイの優れた書き手だった久世だからこその深い感慨だ。

脚本とエッセイと小説。作者の立ち位置や視点、そして表現の広がりや奥行きの異なる三つのジャンルを「書くこと」のプロとして行き来することで、向田の言葉と文章はますます磨かれていったのかもしれない。

1　楽しんでいないと、顔つきがけわしくなる——仕事とわたし

その頃、私は「大きくなったら本屋のオヨメさんになる」と言っていたらしい。無料で、しかも一日中本が読めると思ったのだろう。或時《あるとき》父に、食べながら本を読んでいるのを見とがめられ、

「食いこぼしがついたらどうする。そういうことでは本屋へヨメにゆけないぞ」

と叱《しか》られた。

将来書く側に廻ろうなど夢にも思わなかった時代のことである。

「本屋の女房」（『夜中の薔薇』）

あの頃は、なにも判《わか》っていなかったのです。世のなかのことも、女に生れた面白さも怖さも、ことばの持つ深い意味も。知らない者の強みで、突っ走っていたのでしょう。

年を重ねるにつれて、大きな手ごわい獣に向って嚙《か》みついてゆくという実感があります。

「僧ハ敲《たた》ク月下ノ門」には、推敲《すいこう》しなさいという意味があります。この書を書かれた中川一政先生にお目にかかる機会がありました。今年米寿の先生は、私に「これからですよ」とおっしゃいました。「女の仕事」(『夜中の薔薇』)

二十代から三十代にかけて映画雑誌の編集の仕事をしていたので、外国のスターといわれる人たちに、数多く逢《あ》ったが、ジョン・ウェインも、ケーリー・グラントもジェームス・スチュワートも、みな普通の人であった。礼儀正しく、含羞《がんしゅう》があり物静かな男たちに思えた。　「普通の人」(『無名仮名人名簿』)

女が職業を持つ場合、義務だけで働くと、楽しんでいないと、顔つきがけわしくなる。態度にケンが出る。

どんな小さなことでもいい。毎日何かしら発見をし、「へえ、なるほどなあ」と感心をして面白がって働くと、努力も楽しみのほうに組み込むことが出来るように思うからだ。私のような怠《なま》けものには、これしか「て」がない。

私は身近かな友人たちに、

「顔つきや目つきがキックなったら正直に言ってね」

と頼んでいる。とは言うものの、この年で転業はなかなかむつかしい。だから、私は、一日一善ではないが、一日に一つ、自分で面白いことをみつけて、それを気持のよりどころにして、真剣半分、面白半分でテレビの脚本を書いているのである。

「わたしと職業」（『男どき女どき』）

2　どれだけその人間になりきることができるか――ドラマを書く

ドラマ書きにとって有難くないことの一つに世の中が早口になったことがある。八年前「七人の孫」ではたしか四百字詰め原稿用紙で六十五枚で充分だった。ところが「時間ですよ」では八十枚書かなくては足りないのである。

「ライター泣かせ」(『女の人差し指』)

ドラマから、省略や飛躍を差し引いてしまったら、「退屈」しか残らないでしょう。一体皆様はどっちが見たいのですか！

退屈でも真実のドラマがいいのか、面白いものを楽しみたいのか。もし、面白いもの、とおっしゃるんなら、少しぐらいの嘘は、大目に見て下さい。いや、嘘の間に、チラチラと、本当のことだってあるのです。

「ホームドラマの嘘」(『女の人差し指』)

ホームドラマにも二通りあります。

シリアスなものと、私がやっております「寺内貫太郎一家」のようなコミカルなものです。

どちらがお好きかは皆様のお好みですが、コミカルなものは、どうもマジメ派に比べて一段下に見られているように思われます。

喜劇より悲劇が上等。

ナンセンスな笑いより身の引きしまる感動のほうが高級ということになっているのでしょう。

「真実一路」は「嘘も方便」より上等なんでしょうか。

「ホームドラマの嘘」(『女の人差し指』)

ドラマの書き手がドラマ以外の場で発言したりお願いをするのは邪道だと思いますが、ひとつだけ聞いて下さい。

嘘をみつけるな、とお願いしても、無理でしょうから、どしどし嘘をみつけて下さい。ただしあなたも一緒に、嘘をお楽しみになりませんか? なるほど、こんな考え方、言い方もあるんだなあ、とも、考えて下さい。一億も人間がいるんだ。ひょっとして、こんな奴もいるかも知れないな、と思っていただけないでしょうか。

「ホームドラマの嘘」(『女の人差し指』)

今までに随分と沢山《たくさん》のドラマを書き、登場人物たちに名前をつけてきたが、自分の名前をつけたことは一度もない。つけようと思ったこともない。名前など一時の符牒《ふちょう》であると思っているがどこか居心地悪く書きにくそうだからである。

好きな名前、取っておきの名前というものもある。「じゃがいも」というドラマの中の森光子さんの演じる三沢たみ子、などもそうである。この人の演《や》った「おかめひょっとこ」のしま子という名前も好きだった。

「名附け親」(『女の人差し指』)

ドラマも、一時間ものをじっとすわって拝見する、などという律義なことはなさらなくてもよろしい。ここと思えばまたあちら。ツバメのような早わざで、七つ（東京）のチャンネルを三分おきにグルグル回してみるのである。こうしてみると、トラ刈りにした七頭の羊を上からみるようだが、こうやってみても、面白いドラマは面白いのだからふしぎである。

「テレビの利用法」(『女の人差し指』)

テレビのホームドラマを書くとき、大道具小道具のかたに三つのお願いというのを申し上げる。

玄関から台所へゆく通路に、木の団子になったものを繋《つな》いだのれんのようなものをブラ下げないで下さい。電話機に犬のチャンチャンコのようなカバーをかけないで下さい。和室が一間でもあったら、スリッパは、勘弁して下さい。特に主婦にははかせないで下さい。この三つである。

「スリッパ」（『霊長類ヒト科動物図鑑』）

「せりふ」というのは、生きてる人間が呼吸をしながらしゃべる言葉です。ですからいろいろな人間に接して、自分とちがう人間をどれだけ把握できるかが、とても大きなポイントになります。どれだけつかむか、どれだけその人間になりきることができるか、その部分でせりふは決まってくると思います。その人間になりきって、全人格を把握できれば、せりふは自然に出てくるわけです。

「せりふ」（『創造と表現の世界』〈叢書　現代のテレビ〉）

せりふは知・情・意にわかれるような気がします。この三つをうまくかみあわせて、せりふが書ければ、ひじょうに知的な人物を描くこともできるし、自分の意志を伝えることもできるし、それにもののあはれというか情緒的なところもある人間を簡潔に伝えることができると思います。だいたい、男のかたは知と意がとてもうまいと思います。私は、知と意がまったくだめで、これは男と女の質の問題かもしれません。いってみれば、男と女は永遠に越えられない障害物競走みたいなところがあるのかもしれません。

「せりふ」(『創造と表現の世界』〈叢書　現代のテレビ〉)

近ごろ、放送コードとかいって、汚い言葉や差別用語を使うことを禁止するようになりましたが、私は残念でなりません。人間が生きてゆくためには、きれいごとだけですむわけがありません。みっともない言葉、卑《いや》しいやりとり、うす汚いせりふ、人を見下《みくだ》し、バカにした考えのない人間がいたらそれこそかたわ(不具)です。この言葉も使ってはいけないのですが、こういう取り決めがどれほど日本のテレビドラマを子供っぽく貧しくしていることか。私は「馬鹿《ばか》」というせりふが放送禁止になったら、テレビドラマを書くのをやめようと、これは本気で考えています。

「せりふ」(『創造と表現の世界』〈叢書　現代のテレビ〉)

視聴率というウサン臭いもので計られるバカバカしさ。一瞬のうちに消えてしまう潔《いさぎよ》さとはかなさ。テレビは競馬と似ていなくもないのである。

「勝負服」(『眠る盃』)

女優はみなひとり芝居である。

「劇写――明治大正文学全集」(『眠る盃』)

テレビの脚本を書き始めて十年になるが、女優というものがいまだに判らない。選ばれた人なのか人身御供《ひとみごくう》なのか。美しい人は、少し不幸で愚かであって欲しいと願うのも、また正直な女の気持である。

「劇写――明治大正文学全集」(『眠る盃』)

あるプロデューサーが、ある美人女優を評して、

「夜店のヒヨコ」

と言ったことがある。

子役からのし上り、美貌《びぼう》とカンのよさでゆるぎない地位を築いているのに、いつも何かにおびえている。キョロキョロして落着かない。社交的でざっくばらんで気取りがないから現場のスタッフにも評判がよく憧《あこが》れる男たちも多いが、本当のところは不安で胸をドキドキさせながらまわりを見廻しているところがある。本当に笑ってはい

ないというのである。

「キャベツ猫」（『無名仮名人名簿』）

父を恋い母を慕い、涙もろくてそのくせ怒りっぽく、

「俺のやな奴《やつ》はね、偽物《にせもの》！　それから——偽物と本物の区別のつかない奴、本物になろうと思ってない奴、本物を判ろうとも思わない奴」

という*あなたの怒りも聞えてきます。

＊倉本聰のこと

「男性鑑賞法」（『眠る盃』）

私は、この人*の、一滴胡散《うさん》臭いところが大好きだ。正義を説き純粋な感動をさそいながら、どこか一パーセント嘘っぱちな、曖昧《あいまい》なところのまじるおもしろさ。ローレンス・オリヴィエも、中村勘三郎も、みんなこの匂いがする。人間というのは、こんなものではないだろうかと思う。この胡散臭さがなくならないかぎり、私は、この人の脚本を書きつづけてゆきたい。そう思っている。

＊森繁久彌のこと

「余白の魅力」（『眠る盃』）

スターは顔で芝居をするが、マネージャーは、他人に悟られぬよう、胃袋のあたり

でひそかに演技をするから、実に内面的である。深味がある。時に自分のところのスターの演技が未熟で、ディレクターにダメ出し（注意）をされている時のマネージャーの顔の、さりげない、それでいて苦いかなしみの表情というのは、ふるいつきたい程である。

「人形遣い」（『無名仮名人名簿』）

テレビというのは、にこにこしなくてはいけないもの、不機嫌な顔をしてはいけないもの、という考えがしみついてしまったのではないだろうか。

司会者もにこにこしている。

タレントもお愛想笑いをしている。

アナウンサーも料理の先生も、お医者さんも、天気予報官も、みんな微笑《ほほえ》んでいるのである。

随分前にアメリカの小説を読んでいたら、勿論《もちろん》、翻訳だが、テレビのことを「愚かな箱」と言っていた。私は必ずしもそうは思わずかなり「利口な箱」だと思っているが、もしかしたら、これは「お笑い箱」かも知れないな、と思ったりしている。

「笑う兵隊」（『無名仮名人名簿』）

夜中でも、ごくすんなりと「おはようございます」といい、「お疲れさま」といっている自分に気がついている。気がつかない間に、少しずつ長いものにまかれている自分に気がついている。

そして十何年前の「さようなら」とあいさつして、笑われて洋服を破いたあのときの自分をなつかしく思い出す。

あのときの初心を忘れている。

あのときの洋服は何色で、どんな形だったか、それすらおぼろげにかすんで、思い出せないのだ。

「あいさつ」(『女の人差し指』)

第六章　食と猫と旅と——好きなものは好きなのだから仕方がない

昭和五十六年（一九八一）八月二十二日、向田邦子の乗った台北発高雄行きのボーイング737、遠東航空103便は墜落する。乗員乗客は全員死亡。取材のため訪れた台湾で出会った奇禍だった。山本夏彦が「突然あらわれてほとんど名人」と賛辞を送った向田は、去る時も突然だった。

本章では、向田邦子の愛したものを取り上げたい。「食」「猫」「旅」をこよなく愛し、活字にしてきた向田。そのまなざしから、読者が感じ取れるものも多々あるのではないか。

昭和五十六年は、向田邦子にとって最も忙しい年だったはずだ。年明け早々に全三回の連続ドラマ『蛇蠍《だかつ》のごとく』（ＮＨＫ）が放送された。妻子持ちの男と恋愛する娘を案じる堅物の父親に小林桂樹、娘に池上季実子、娘の不倫相手の中年イラストレーターに津川雅彦という配役で、はじめはこのイラストレーターを「蛇蠍のごとく」嫌っていた父親の心情が、やがて変化していく様をコミカルに描いた。二〇一二年にはテレビ東京で、父親に市村正親《まさちか》、娘に石原さとみ、イラストレーターに小澤征悦《ゆきよし》という配役でリメイクされている。

二月には『隣りの女――現代西鶴物語』（TBS）のロケハンのためニューヨークに飛び、戻ってから広島で講演、三月には再びニューヨークに赴いている。桃井かおりが主演した『隣りの女』は井原西鶴の「好色五人女」をベースに、やはり道ならぬ激しい恋をテーマとしたフランソワ・トリュフォーの映画『隣の女』と拮抗《きっこう》するようなタイトルを冠した作品で、平凡な人妻の性への冒険を描いて第三十六回芸術祭優秀賞を受賞している。主婦役に桃井かおり、相手の男を根津甚八、隣りに住む女を浅丘ルリ子が演じた（やはり後に寺島しのぶ主演でリメイクされている）。連続ドラマ『続あ・うん』（NHK）の放送が始まり、小説『あ・うん』が書店店頭に並んだ五月には、ベルギーへの旅に出ている。六月には『週刊文春』で連載エッセイ「女の人差し指」を、七月には『小説新潮』で連作小説『男どき女どき』の連載を開始、八月も野呂《のろ》邦暢《くにのぶ》の小説『落城記』をドラマ化するためプロデューサーとしての仕事で京都へ行き、その後、四国での霊場巡りも体験している。そして八月二十日、向田は羽田を後にする。運命の事故に遭遇したのはその二日後のことだ。享年《きょうねん》五十一。

向田の部屋には、段ごとに中身が記された抽斗《ひきだし》があったという。例えば「う」の段には「うまいもの」に関する雑誌の切り抜きなどが入っているのだ。

向田のエッセイや小説を読むと、私はその抽斗を想像する。きっと同様のものが向田の心の中にもあったのだろうと。執筆のたびに開き、保存されていた様々な素材をテーマに合わせて取り出し、鮮やかな手並みで料理するための抽斗が。

だが、事故とともに、その抽斗も永遠に失われてしまったのだ。

ブリア＝サヴァランは『美味礼讃《らいさん》』の冒頭で「どんなものを食べているか言ってみたまえ。君がどんな人であるか言い当ててみせよう」と言ったが、向田はドラマの食卓に並ぶメニューを脚本に書き込んだそうだ。確かに、食卓は家庭の在りようを映しているところがある。

食への思いが高じてか、向田は妹の和子と東京・赤坂に「ままや」という店を開いている。昭和五十三年（一九七八）に開店し、平成十年（一九九八）に惜しまれながら閉店した惣菜《そうざい》と酒の店だ。さつまいものレモン煮、トマトの青じそ和風サラダ、人参のピリ煮、鮎《あゆ》の風干しなど、向田が好んだ料理を客も食べることができた。焼きおにぎりが名物だった。器も、和子と連れだって瀬戸まで足を運ぶほどにこだわったという特注品が使われていた。向田が店カウンターの前に坐《すわ》り、グラスを口に運ぶ写真がある。見ている者まで嬉《うれ》しくなってしまう幸せそうな横顔である。

最後の飼い猫マミオとの写真もすべて幸せそうな顔で写っている。バンコクで一目見て「感電してしまった」というマミオは、コラット種という種類で、どこか貴族的な佇《たたず》まいをしている。実際、鶏肉は高級スーパー「紀ノ国屋」のものしか口にしなかったそうだ。向田が亡《な》くなって三ケ月間、部屋から出てこなかったという。

旅もまた、向田邦子にとっては大事なことだったろう。プライベートでもよく旅をしている。向田は、転勤族だった父に従って各地で住み暮した。その経験が、本人も無意識のうちに旅人としての属性を育《はぐく》んだのかもしれない。

中でも特別であったろう旅先は、小学校三年の終りから六年のはじめまでを過ごし、向田が「故郷もどき」と呼んだ鹿児島ではなかったか。

昭和五十四年（一九七九）二月、この地を訪れた時のことが「鹿児島感傷旅行」と題するエッセイになっている。鹿児島行きの数年前に乳がんを患《わずら》い、入院中のベッドで来し方行く末を思ったこと。「万一再発して、長く生きられないと判《わか》ったら鹿児島へ帰りたい」と書かれており、今読み直してもドキッとさせられる。

向田はかつて住んでいた社宅があった場所に行ってみるが、「私のうちは、失《な》くなっていた」。しかし、唯一《ゆいいつ》変わらない姿でそこにあった桜島を「母に見せたい」と彼女は思う。母にとっての鹿児島時代は、「一番なつかしい第二の青春」だったからだ。向田の創作の原点であった「家族」の記憶が、旅によって深化した様が心に迫るエッセイであると同時に、向田にとっての旅がどれほどの役割を担《にな》っていたのかにも気づかされる。

その好きな旅の最中に人生を閉じることになるなど本人も想像しなかったはずだが、向田の生涯を「ペンを相棒とした旅」と考えれば、読者がいる限り彼女の旅はまだ終わってはいない。そう思うと、ほんの少しだけ、慰められるような気もするのだ。

1　「う」は、うまいものの略である——食

「う」は、うまいものの略である。

この抽斗《ひきだし》をあけると、さまざまの切り抜きや、栞《しおり》が入っている。

焼あなごの下村、同じく焼あなごの高松・こぶ七や仙台長なす漬の岡田、世田谷にある欧風あられの幸泉、鹿児島の小学校のときの先生が送って下すったかご六の春駒《はるこま》。

仕事が一段落ついたら、手続きをして送ってもらいたいと思っている店のリストである。この次京都へいったら一番先にいってみたい、花見小路のおばんざい御飯処《ごはんどころ》。

高山のキッチン飛騨《ひだ》。

物臭《ものぐさ》で仕事のためにはメモを取るのもおっくうがるのが、貸本の婦人雑誌でみたいわしの梅煮や大根と豚肉のべっこう煮などというのは、ちゃんと、あとあとまで読める字で、写しをとってホチキスで束ね入れてある。

「「う」」（『霊長類ヒト科動物図鑑』）

おそばのタレは、たっぷりとつけたい。

たっぷり、というよりドップリといった方がいい。

野暮と笑われようと田舎者とさげすまれようと、好きなものは好きなのだから仕方がない。

その代り、いよいよご臨終というときになって、

「ああ、一度でいいから、たっぷりタレをつけてそばを食いたかった」

などと思いを残さないで済む。

たっぷりはそばのタレだけではない。

恥しながら、私は醬油《しょうゆ》もソースも、たっぷりとかけたのが好きなのだ。

「たっぷり派」(『霊長類ヒト科動物図鑑』)

親ゆずりの〝のぼせ性〟で、それがおいしいとなると、もう毎日でも食べたい。

新らっきょうが八百屋にならぶと、早速《さっそく》買い込んで醬油漬けをつくる。わが家はマンションで、ベランダもせまく、本式のらっきょう漬けができないので、ただ洗って水気を切ったのを、生醬油《きじょうゆ》に漬け込むだけである。二日もすると食べごろになるから、

三つ四つとり出してごく薄く切って、お酒の肴《さかな》やご飯の箸《はし》休めにするのである。化学調味料を振りかけたほうがおいしいという人もいるが、私はそのままでいい。

「食らわんか」(『夜中の薔薇』)

小さなしあわせ、と言ってしまうと大袈裟《おおげさ》になるのだが、人から見ると何でもない、ちょっとしたことで、ふっと気持がなごむことがある。

私の場合、七色とんがらしを振ったおみおつけなどを頂いていて、プツンと麻の実を嚙《か》み当てると、何かいいことでもありそうで機嫌がよくなるのである。

「七色とんがらし」(『無名仮名人名簿』)

天丼にしろ親子丼(これは一体どなたの命名であろう、ネーミングとしては天才的である)にしろ、持ち重りのする熱つ熱つの丼《どんぶり》を抱え込んで食べる、あの生き生きとした充足感は、どんな料理も及ばない。

「重たさを愛す」(『眠る盃』)

カレーライスとライスカレーの区別は何だろう。

カレーとライスが別の容器で出てくるのがカレーライス。ごはんの上にかけてあるのがライスカレーだという説があるが、私は違う。

金を払って、おもてで食べるのがカレーライス。

自分の家で食べるのが、ライスカレーである。厳密にいえば、子供の日に食べた、母の作ったうどん粉のいっぱい入ったのが、ライスカレーなのだ。

「昔カレー」（『父の詫び状』）

お恥しいはなしだが、私は平常心をもってメロンに向いあうことが出来ない。なんだこんなもの。偉そうな顔をするな。たかが、しわの寄った瓜《うり》じゃないか、と無理をして見下《みくだ》す態度をとりながら、手は、わが志を裏切って、さも大事そうに、ビクビクしながら、メロンを取り扱っている。

「メロン」（『無名仮名人名簿』）

――重役さんの食べたいもの……。わたくしの統計によりますと、

ひじきと油あげの煮たの。

納豆にたくあん。

イワシの塩焼き。

野菜のごった煮。

たけのこのかか煮。
里イモの煮ころがしに、田舎風のみそ汁。
かくや漬け。
シャケの頭をぶっこんだ三平汁……
こんなところだそうで……。
どれをみても、さほど高価でもないいんですが、どういうわけか重役さんの食膳《しょくぜん》には
のぼらないんですねえ、代りに猫またぎ、じゃなかった重役ならどなたもまたいじま
う、という凝ったお料理がならぶんですね。

『森繁の重役読本』

里子「菜の花二束ね」
ミヨ子「菜の花、二束……（書く）」
里子「辛子じょう油で和《あ》えたのおばあちゃん、大好きなの」
ミヨ子「菜の花なんて田舎いきゃタダなんですけどねぇ」
里子「東京じゃみんな『お金』なのよ」

『寺内貫太郎一家』

誠「餅《もち》のやく匂《にお》いって好きなんだ」

『だいこんの花』

忠臣「あ、まり子さん、罐詰《かんづめ》買う時は、店の人まかせにしないでね、ようくカンを見る」

まり子「ハイッ！」

忠臣「こう、フタのとこがふくれてるのはね、古くなって中にガスがたまっとる証拠だから……絶対に買わない」

『だいこんの花』

炊《た》きたての御飯の上に生卵をかけて食べるのは、子供の頃から大好きだった。ところが、我が家では子供は二人に一個なのである。はじめから御飯に卵をかけてしまうと、おみおつけを残すから、というのが親のいい分であった。

「卵とわたし」（『父の詫び状』）

昔の卵は、もっと堂々としていた。

殻は固かったし、割ると、白身も黄身もピカッとして、小鉢の中で、いかにも命があるように、かさ高く盛り上っていた。滋養がありそうな気がした。

祖母や母は、卵を割ったあと、必ず殻に残ったものをチュッと吸い、更に殻を父の丹精していた万年青《おもと》の根方に逆さに埋めて、肥料にしていた。卵がどれほどのこやしになったのか知らないが、万年青は、濃い緑の、分厚いはっぱで、一年中家族の目をたのしませてくれた。「麻布の卵」（『夜中の薔薇』）

目を覚ますと、一番先に台所へゆき冷蔵庫から卵を出す。これが左知子の朝の習慣だった。

卵は二個である。

夫の松夫と左知子がご飯にかける分だけ皿にのせ、それから歯を磨き顔を洗う。冷蔵庫から出したての卵はおいしくない。室温にもどしてからのほうが、オムレツでもふんわり焼けると聞いてからこうしている。「嘘つき卵」（小説『男どき女どき』）

裏切られると判っていても、私は時々味醂《みりん》干しを買う。街にとうふ屋のラッパの聞える夕暮れ時――実は今どき東京の青山でとうふ屋のラッパは滅多に聞えない。しかし、私のイメージの夕暮れには、とうふ屋のラッパが鳴るのである。買物かごを抱えてごった返す小さい魚屋や漬け物屋で味醂干しを買う。

懐石は「枡半《ますはん》」がいい、洋食は「アリタリア」がおいしいと利《き》いた風な口を利き、それも本当なのだが、本音を吐けばこれはよそゆきで、普段着の姿はオムレツにソースをかけて食べ、精進揚げの残ったのを甘からく煮つけたのが大好きなのである。気取ったことを言ったところで、お前の出性《でしょう》は味醂干しだぞという声が天の一角から聞えるような気がするのである。

「味醂干し」(『眠る盃』)

忠臣「あーあ、そんなに沢山お茶のハッパを入れて……あのねえ、まり子さん、これはねえ、お番茶じゃないの。お煎茶《せんちゃ》なんだ。ね。煎茶のハッパは、一人前、茶サジに中山一杯。これが大体の見当じゃないの」

『だいこんの花』

水羊羹《みずようかん》は江戸っ子のお金と同じです。宵越《し》しをさせてはいけません。傷《いた》みはしませんが、「しわ」が寄るのです。表面に水気が滲み出てしまって、水っぽくなります。水っぽい水羊羹はクリープを入れないコーヒーよりも始末に悪いのです。

「水羊羹」(『眠る盃』)

端っこが好きなのは海苔《のり》巻《まき》だけではない。羊羹でもカステラでも真中よりも端っこが好きだった。（中略）カステラの端の少し固くなったところ、特に下の焦茶色《こげちゃいろ》になって紙にくっついている部分をおいしいと思う。雑なはがし方をして、この部分を残す人がいると、権利を分けて貰《もら》って、丁寧にはがして食べた。　「海苔巻の端っこ」（『父の詫び状』）

周平「タクアンなんてさ、三切れだって四切れだって、いいじゃない」
きん「そうはいかないよ。三切れってのはね、『身を斬《き》る』って、縁起が悪いんだよ」
周平「じゃ、返すよ（タクアンをもどす）」
静江「あーあ、もどすことないでしょ」
きん「ダメだよ」
周平「うるせえなあ、ちゃんと一切れだろ！」
きん「一切れもいけないの」
周平「どしてだよ」
貫太郎「『人を斬る』ってな、よくないんだ」
周平「古いよ。タクアンぐらい好きなだけ食ったたって」

里子「いいじゃないの。昔の……そういうのってお母さん、好きだわ」
ミヨ子「あたし……二切れにしよう」
きん「ミヨちゃん、いい子ねえ……」
『寺内貫太郎一家』

子供の頃、目刺《めざし》が嫌いだった。（中略）
目が気になり出すと、尾頭《おかしら》つきを食べるのが苦痛になってきた。お刺身や切身の時はいいのだが、鰺《あじ》や秋刀魚《さんま》の一匹づけがいけない。
「魚の目は泪《なみだ》」（『父の詫び状』）

うちの父は、正統派といえば聞えがいいが、妙に杓子定規《しゃくしじょうぎ》なところがあって、新聞は朝日、たばこは敷島、キャラメルは森永がひいきであった。
だが私は、森永キャラメルのキューピッドのついたデザインは好きだったが、明治のクリームキャラメルの匂いと、グリコのおまけに心をひかれた。（中略）
この頃、一番豪華なお八つはシュークリームと、到来物のチョコレート詰合せであった。
「お八つの時間」（『父の詫び状』）

クリスマスの夜など、きげんのいい父は、母にも葡萄酒をすすめることがありました。

「たまには、お前もつきあいなさい」

母は自分用のごくごく小さいワイングラスに半分ほどつぎ、白砂糖を入れてお湯を注ぎます。母は全くの下戸《げこ》なのですが、こうするとおいしいといっていました。小さい赤いグラスがカラになる頃、母の顔は代りに赤くなります。どういうわけか足の裏がかゆくなったといって足袋を脱ぎ、笑い上戸《じょうご》になりました。

私たち子供は、そういう母を、ちょっと綺麗《きれい》だなと思い、浮き浮きした気分で見ていました。家庭の幸福、などということばはまだ知りませんでしたが、そんなものを感じていたと思います。いつもは口叱言《くちこごと》の多い父も、母のほろ酔いには、文句を言いませんでした。

「楽しむ酒」(『夜中の薔薇』)

主人役の父は酔いつぶれて座ぶとんを枕《まくら》に眠っている。母が毛布をかける。毛布の色はらくだ色である。そういう時、父の膳の、見覚えのある黒くて太い塗り箸のそばに、いつも酒の残っている盃があった。

酒は水と違う。ゆったりと重くけだるく揺れることを、この時覚えた。私には酒も盃も眠っているように見えたのであろう。

「眠る盃」(『眠る盃』)

食べものを見ればさりげなく横目を使い、大きい小さいを較べていた私も、人生の折り返し地点を過ぎ、さすがに食い意地の方も衰えたか、量よりも味の方に宗旨を変えてきたようだ。

ところが、七年前に父が亡くなり三十五日の法要のあと内々が集って精進落《しょうじん》しに鰻重を取った。その席で、お重の蓋《ふた》を取りながら、私は蒲焼《かばやき》の大きさをくらべているのである。何ということであろう。

泣き泣きも良い方を取る形見分けの川柳を笑えない。生れ育ちの賤《いや》しさは、死ぬまで直らないものなのだろうか。

「チーコとグランデ」（『父の詫び状』）

デパートで一番好きなのは、地下の食料品売場である。

ここには日本中の、いや世界各国から集ったおいしいものが、いっぱいに並んでいる。私にとっては、宝石売場より洋服売場より心の躍る場所なのである。

「試食」（『夜中の薔薇』）

初めての土地に行くと、必ず市場を覗《のぞ》く。どこかで見たような名所旧跡よりも、ゴミゴミした横丁を、あっちの魚屋こっちの八百屋と首を突っ込み、お国訛《なま》りのやりとりを聞きながら、やはり金沢の魚は顔つきが違うなあと感心するほうが、遥《はる》かに面白いからである。　「薩摩《さつま》揚《あげ》」（『父の詫び状』）

よそのうちでご馳走《ちそう》になるものは、何故《なぜ》おいしいのだろう。「方丈記」か「枕草子」か忘れてしまったが、昔の人はうまいことを言う。

「思いもうけて」食べるからだというのである。思いもうけて、というのは、期待する、という意味であろう。　「思いもうけて……」（『女の人差し指』）

よそでおいしいものを頂いて、「うむ、この味は絶対に真似《まね》して見せるぞ」という時、私は必ず決った姿勢を取ることにしています。

全身の力を抜き、右手を右のこめかみに軽く当てて目を閉じます。レストランのざわめきも音楽も、同席している友人達の会話もみな消えて、私は闇《やみ》の中にひとり坐って、無念無想でそのものを味わっているというつもりになるのです。

どういうわけか、この時、全神経がビー玉ほどの大きさになって、右目の奥にスウッと集まるような気がすると、「この味は覚えたぞ」ということになります。名人上手の創《つく》った味を覚え、盗み、記憶して、忘れないうちに自分で再現して見る——これが私の料理のお稽古《けいこ》なのです。

「幻のソース」（『眠る盃』）

女がひとりで小料理屋に入り、カウンターに坐ってお銚子を頼むのは、ひとりで外国旅行に出掛けるぐらいの度胸がいる。

そう言ったら、男がひとりでお汁粉屋に入り、満員の女客の中の黒一点としてあんみつを注文する時の度胸と同じだよと反論されてしまった。

「孔雀《くじやく》」（『無名仮名人名簿』）

酒のさかなは少しずつ。

間違っても、山盛りに出してはいけないということも、このとき覚えた。出来たら、海のもの、畑のもの、舌ざわり歯ざわりも色どりも異なったものがならぶと、盃がすすむのも見ていた。

あまり大御馳走でなく、ささやかなもので、季節のもの、ちょっと気の利《き》いたものだと、酒呑《の》みは嬉しくなるのも判った。

「母に教えられた酒呑みの心」（『女の人差し指』）

料理の過程で、一番緊張するのは味つけの瞬間であろう。

塩のひと振り、醤油一滴の差で、まろやかな美味になり、どうにも救いようのない困った代物《しろもの》になり果てる。

味つけの面白いところは、うす味のものは味をおぎなって濃く出来るが、その逆は駄目ということであろう。勝負は一瞬で決るのである。

「皮むき」（『夜中の薔薇』）

何かの間違いで、テレビやラジオの脚本《ほん》を書く仕事をしているが、本当は、板前さんになりたかった。

女は、化粧をするし、手が温かい。料理人には不向きだということも知っている。私自身、母以外の女の作ったお刺身や、おにぎりは、どうもナマグサくていやだから、板場に立つなんて大それたことはあきらめて、せめて、小料理屋のおかみになりたい。

――これは今でも、かなり本気で考えている。

「板前志願」（『女の人差し指』）

店の名は「ままや」。

社長は妹で私は重役である。資金と口は出すが、手は出さない。黒幕兼ポン引き兼気の向いた時ゆくパートのホステスということにした。

「「ままや」繁昌記」(『女の人差し指』)

2　甘えあって暮しながら、油断は出来ない――猫

「なぜ猫を飼うのですか」とよく聞かれる。これは「なぜ結婚しないのですか」という質問同様、正確に答えるのはむつかしい。実は、私自身、理由が判らないからである。「ただ何となく」そして、猫には何故《なぜ》か縁があったが、人間の男には、何故か縁が薄かった、ということなのだろう。

一つだけはっきりしているのは、これは人間とのつきあいにしても同じことだろうが、馴染《なじ》めば馴染むほど判らないということだ。恐ろしくカンが鋭くて視線ひとつで、こちらの心理の先廻りをするかと思うと、まぎれもなく野獣だな、と思い知らされたりもする。甘えあって暮しながら、油断は出来ない、その兼ねあいが面白い。

「猫自慢」(『眠る盃』)

猫は嬉しい時、前肢《まえあし》を揃《そろ》えて押すようにする。仔猫の時、母猫の乳房を押すとお乳

がよく出る。出ると嬉しいから余計に押す。それが本能として残ったのだと聞いたことがある。子供時代に何が嬉しく何が悲しかったか、子供の喜怒哀楽にお八つは大きな影響を持っているのではないか。

「お八つの時間」(『父の詫び状』)

うちの猫は毛皮をみると、親愛の情を示す癖がある。ある女優さんのミンクのコートに体をすりつけ、うっとりとしていたが、やがて興奮して爪《つめ》を立てそうになり、飼主をあわてさせたことがあった。

また引っかかれると大変だと思い、私はうちの猫の前で、リンクスの衿《えり》のついたコートを着ないようにしているのだが、本心をいうと、仲間を首に巻いているうしろめたさで気がねをしているのである。

「ミンク」(『霊長類ヒト科動物図鑑』)

猫を飼っていて一番楽しいのは、仔猫の目があくときである。

「魚の目は泪」(『父の詫び状』)

仔猫はひとりで、線香ほどの頼りない糞《ふん》をする。線香が鉛筆ほどの太さになると、生後二ヵ月で、もう他人様《ひとさま》のうちへ貰われていっても大丈夫なのである。

このはなしをしたら、人間の子供と同じだといった人がいた。

生れてすぐは自分と同じで、少しも汚なくない。歳月と共に他人になってゆくという。子供のいない私に実感はないのだが。　「分身」（『夜中の薔薇』）

この猫は、このあと二度ばかりお嫁に行ったが、結局みごもることなく、いま十七歳である。母親にならなかったせいか、人間で言えば百歳を越える高齢だが稚《おさな》いところがあって、まだ、じゃれて遊んでいる。己れの姿を見る思いで、おかしいような苦いような気持になる。　「金一封」（『無名仮名人名簿』）

3 帰り道は旅のお釣りである——旅

誰に束縛されているわけでもないのに、私たちは毎日の暮しの中で、ともすると同じ道を通り同じ店で買物をする。同じ人とつきあい同じような本を読む。飽《あ》きた退屈だとぼやきながら十年一日の如《ごと》く変えようとはしない。

散歩や買物に、国境はないのだ。たまには一駅手前で乗りものを降りて、またはわざと乗り越して隣りの町を歩いていたら、私は二十年前に人形町をみつけていたのである。

「人形町に江戸の名残を訪ねて」(『女の人差し指』)

トランプのカードを切るように、四角い景色が、窓の外で変ってゆく。大きい旅小さい旅に限らず、これが一番の楽しみである。

「小さな旅」(『眠る盃』)

絵や美術品を見るときに、じっくり時間をかけて鑑賞する人と、ごく短時間にさっと眺めて帰ってくる人間がいる。

私は後者、つまり急ぎ足のほうである。

風呂《ふろ》ならカラスの行水《ぎょうずい》である。

絵なら絵、茶碗《ちゃわん》なら茶碗を、じっくり拝見すると、どうしても均等に目がいってしまう。かえって印象が稀薄《きはく》になってしまう。それと、なまじ時間があると思うので、気持がゆるんでしまう。

一期一会《いちごいちえ》、というほど大げさなものではないが、この一瞬しか見られないのだぞ、と我と我が身にカセをはめると、目のないなりに緊張するせいか、余韻《よいん》が残り残像が鮮明のような気がする。


「たっぷり派」(『霊長類ヒト科動物図鑑』)

私たちは、いつも旅に対してないものねだりをしています。

昔のままの姿。

それは、土地の人に三十年前、五十年前のままの不便を強制することになるのです。

私たちは文明の恩恵に浴して、暖冷房自在のうちに住み、便利な電気器具にかこまれて暮していて、他人には不便を求め、求められないと、ひどくガッカリしているのです。

考えると、誠に不遜《ふそん》なことです。申しわけないことだと思えてきます。

「ないものねだり」（『女の人差し指』）

帰り道は旅のお釣りである。

残り少なくなった小銭をポケットの底で未練がましく鳴らすように、「ああ、終ってしまったなあ」軽い疲れとむなしさ、わずらわしい日常へもどってゆくうっとうしさ。

それでいて、住み馴れたぬるま湯へまた漬《つか》ってゆくほっとした感じがある。

「小さな旅」（『眠る盃』）

心に残る思い出の地は、訪ねるもよし、遠くにありて思うもよしである。ただ、不思議なことに、帰ってくるとすぐ、この目で見て来たばかりの現在の景色はまたたく間に色あせて、いつの間にか昔の、記憶の中の羊羹《ようかん》色の写真が再びとってかわることである。思い出とは何と強情っぱりなものであろうか。

「鹿児島感傷旅行」（『眠る盃』）

四年ほど前に大病をした。

辛気《しんき》くさい病名で生死の二字が頭のなかでちらちらした時期があったせいか、そのあたりから、若葉の季節を待つようになった。

柿若葉、樫《かし》若葉、椎《しい》若葉、樟《くす》若葉。

どうして今までこの美しさいとしさに気がつかなかったのか、口惜しくて仕方がない。陽気が定まらないのと、人出が多いのを理由に、この時期の遠出を避けていたことが無念で、今からでも遅くない、せいぜい見逃していたものを取戻したい——

「揖斐《いび》の山里を歩く」(『女の人差し指』)

このところ出たり入ったりが多く、一週間に一度は飛行機のお世話になっていながら、まだ気を許してはいない。散らかった部屋や抽斗《ひきだし》のなかを片づけてから乗ろうかと思うのだが、いやいやあまり綺麗にすると、万一のことがあったとき、

「やっぱりムシが知らせたんだね」

などと言われそうで、ここは縁起をかついでそのままにしておこうと、わざと汚いままで旅行に出たりしている。

「ヒコーキ」(『霊長類ヒト科動物図鑑』)

おわりに

四十年というのは決して短い時間ではない。

映像でも音楽でも文学でもなんでもいい、四十年前に作者が世を去った後で、今でも生き残っている作品がいったいどれだけあるだろう。

だが、向田作品は残っている。

脚本が、エッセイが、小説がいまだに読まれ、ドラマがアーカイブされ、そればかりか、リメイクが作られ、彼女の思い出を巡る新たな本さえ刊行されている。

しかも、例えば私が見た「向田ドラマ」の最も古い記憶は『七人の孫』（ＴＢＳ）だ。東京オリンピックが開かれた昭和三十九年（一九六四）の放送で、私は小学四年生だった。森繁久彌が洒脱《しゃだつ》で、ちょっとエッチで、時に見せる寂しそうな表情は今でも忘れられないが、もはや五十七年前の作品だ。そう、四十年というのは二〇二一年という年で考えた時のひとつの区切りに過ぎず、彼女の作品が愛された時間はすでに半世紀を超えているのだ。

向田邦子はすでに、古典なのかもしれない。

それは、昔の作品だから古典なのだという意味ではなく、紫式部がそうであるように、夏目漱石がそうであるように、作者の肉体が、声が消えてしまった後、作者に会ったこともなければ声を聞いたこともない者がそれでもなお愛し、読み継ぐ作品を古典と呼ぶのだとすれば、向田作品は古典としての資格を充分に備えているように私には思えるのだ。

本書はだから、向田邦子をよく知る人はもちろん、名前くらいは聞いたことがある、とか、一冊くらいは読んだことがある、という人にも届けたいと思いながら書いたつもりだ。思い出話などは極力排し、現在の読者が向田作品に一対一で向き合えるような静かな場所が提供できていれば、と願うばかりだ。

それでも、ひとつだけ回想することを許してもらいたい。小学生の頃の私は当然のことながら、脚本家の存在などわからなかったし、向田邦子さんのことも知る由《よし》もなかった。だが、その後七〇年代から八〇年代にかけての「ドラマの黄金時代」を経験してしまった。今でも名作としてドラマ史上に残る作品名を、代表的なものだけでも列挙してみる。

『時間ですよ』一九七〇〜七三年、ＴＢＳ（脚本・橋田壽賀子、向田邦子ほか）
『天下御免』一九七一〜七二年、ＮＨＫ（脚本・早坂暁）
『それぞれの秋』一九七三年、ＴＢＳ（脚本・山田太一）
『傷だらけの天使』一九七四〜七五年、日本テレビ（脚本・市川森一ほか）
『寺内貫太郎一家』一九七四〜七五年、ＴＢＳ（脚本・向田邦子ほか）
『前略おふくろ様』一九七五〜七七年、日本テレビ（脚本・倉本聰ほか）
『俺たちの旅』一九七五〜七六年、日本テレビ（脚本・鎌田敏夫ほか）
『男たちの旅路』一九七六〜七九年、ＮＨＫ（脚本・山田太一）
『岸辺のアルバム』一九七七年、ＴＢＳ（脚本・山田太一）
『阿修羅のごとく』一九七九〜八〇年、ＮＨＫ（脚本・向田邦子）
『三年Ｂ組金八先生』一九七九〜八〇年、ＴＢＳ（脚本・小山内美江子ほか）
『あ・うん』一九八〇年、ＮＨＫ（脚本・向田邦子）
『夢千代日記』一九八一年、ＮＨＫ（脚本・早坂暁）
『北の国から』一九八一〜八二年、フジテレビ（脚本・倉本聰）

『淋しいのはお前だけじゃない』一九八二年、TBS（脚本・市川森一）
『おしん』一九八三〜八四年、NHK（脚本・橋田壽賀子）
『波の盆』一九八三年、日本テレビ（脚本・倉本聰）
『金曜日の妻たちへ』一九八三年、TBS（脚本・鎌田敏夫）
『ふぞろいの林檎たち』一九八三年、TBS（脚本・山田太一）

錚々《そうそう》たる脚本家の顔触れを見てほしい。これらの作品は私にとって一つ一つ、大事な「人生体験」そのものだった。泣いたり笑ったりして見るうちに、心の襞《ひだ》にしみこみ、精神の核を揺さぶることで、人格を形成する一部となっていったそんなドラマなのである。

私が高校教師から転じてテレビの世界に入ったのも、こうした「黄金時代」に青春を送ったからだろう。倉本聰と山田太一と向田邦子と仕事がしたい、という「とてつもない大望」を抱いて八一年、二十六歳の新人として番組制作会社「テレビマンユニオン」に参加した私は、その同じ年の夏、現場を走り回っていた最中に向田さんの訃《ふ》報《ほう》を聞くことになった。

テレビマンユニオンの当時の事務所は赤坂にあり、「ままや」は近所だった。行ってみたかったが若輩者がふらりと足を運べるものではない。先輩に連れて行ってもらって、飲みながらも、いるはずのない向田さんの姿をつい探してしまったことを今でも思い出す。

その後、プロデューサーとして仕事をしながら、何度も、「向田さんならどう書いただろう」と想像することがあった。ヒントを求めて、向田さんの脚本集を読み直すこともたびたびだった。そんな「永遠のないものねだり」の日々が、本書の形の原型となったように思う。

この本が、自分が子供の頃から親しんできた文庫という形で世に出ることは、正直言ってとても嬉《うれ》しい。森繁久彌が作詞し、歌っていた『七人の孫』の主題歌（作曲・山本直純）がある。今、その一節「♪だけど、だけど、これだけは言える。人生とはいいものだ。いいものだ」のところをこっそり口ずさんだりしている。

二〇二一年三月吉日

碓井　広義

主要ドラマ一覧

ラジオドラマ

『森繁の重役読本』一九六二〜六九年（TBS）
出演・森繁久彌

テレビドラマ

『七人の孫』一九六四、六五〜六六年（TBS）
出演・森繁久彌、大坂志郎、加藤治子、悠木千帆［樹木希林］

『こけこっこー！』一九七〇年（TBS）
出演・若尾文子、ハナ肇、堺正章、川口晶、杉浦直樹

『亭主の好きな柿8年―女房太閤記』一九七〇年（NET＝現・テレビ朝日）
出演・林美智子、山口崇、小林千登勢、石立鉄男

『だいこんの花』一九七〇、七二、七四〜七五、七七年（NET＝現・テレビ朝日）

『時間ですよ』　出演・森繁久彌、竹脇無我、大坂志郎
一九七〇、七一、七三年（ＴＢＳ）　出演・森光子、船越英二、松原智恵子、堺正章、悠木千帆
『七つちがい』　一九七一年（日本テレビ）　出演・若尾文子、布施明、賀原夏子
『清水次郎長』　一九七一年（フジテレビ）　出演・竹脇無我、梓英子、あおい輝彦、天知茂
『きんぎょの夢』　一九七一年（ＮＥＴ＝現・テレビ朝日）　出演・若尾文子、杉村春子、井川比佐志、池部良
『ちん・とん・しゃん』　一九七一年（ＮＥＴ＝現・テレビ朝日）　出演・若尾文子、高橋悦史、田辺靖雄、細川俊之
『桃から生まれた桃太郎』　一九七二年（ＮＨＫ）　出演・森繁久彌、和田アキ子
『双子の縁談』　一九七二年（日本テレビ）　出演・船越英二、ザ・ピーナッツ（伊藤エミ、伊藤ユミ）
『おはよう』　一九七二年（ＴＢＳ）　出演・若尾文子、大橋巨泉

『おかめひょっとこ』一九七二年（毎日放送）
出演・森光子、植木等、新藤恵美
『じゃがいも』一九七三〜七四、七五年（NET＝現・テレビ朝日）
出演・森光子、佐野浅夫、吉沢京子、三浦友和、志村喬
『時間ですよ・昭和元年』一九七四年（TBS）
出演・森光子、荒井注、千昌夫、浅田美代子、悠木千帆
『寺内貫太郎一家』一九七四年、七五年（TBS）
出演・小林亜星、加藤治子、梶芽衣子、西城秀樹、浅田美代子、悠木千帆
『どてかぼちゃ』一九七五〜七六年（NET＝現・テレビ朝日）
出演・森繁久彌、佐野浅夫、三橋達也
『母上様・赤澤良雄』一九七六年（TBS）
出演・内藤武敏、白川由美、寺泉哲章、木村理恵、杉村春子
『七色とんがらし』一九七六年（NET＝現・テレビ朝日）
出演・千葉真一、倍賞美津子、片岡千恵蔵
『毛糸の指輪』一九七七年（NHK）
出演・森繁久彌、大竹しのぶ、乙羽信子

『花嫁』一九七七年（TBS）
出演・草笛光子、倍賞千恵子、安井昌二
『冬の運動会』一九七七年（TBS）
出演・根津甚八、いしだあゆみ、木村功、志村喬
『眠り人形』一九七七年（TBS）
出演・加藤治子、長山藍子、船越英二
『せい子宙太郎―忍宿借夫婦巷談』一九七七〜七八年（TBS）
出演・森光子、小林桂樹、加藤治子
『びっくり箱』一九七七年（TBS）
出演・京塚昌子、大竹しのぶ、高橋昌也
『家族熱』一九七八年（TBS）
出演・浅丘ルリ子、三浦友和、三國連太郎
『カンガルーの反乱』一九七八〜七九年（テレビ朝日）
出演・杉浦直樹、いしだあゆみ、赤木春恵
『七人の刑事――十七歳三ヶ月』一九七九年（TBS）
出演・芦田伸介、三浦洋一、古尾谷康雅（雅人）、池部良
『阿修羅のごとく』一九七九、八〇年（NHK）

『当節結婚の条件』
一九七九年（TBS）
出演・八千草薫、加藤治子、いしだあゆみ、風吹ジュン、緒形拳

『愛という字』
一九七九年（TBS）
出演・十朱幸代、船越英二、水谷良重、下條アトム

『家族サーカス』
一九七九年（フジテレビ）
出演・長山藍子、井川比佐志、津川雅彦、奈良岡朋子

『源氏物語』
一九八〇年（TBS）
出演・国広富之、若山富三郎、藤真利子、加藤治子、石田えり

『あ・うん』
一九八〇年（NHK）
出演・沢田研二、八千草薫、いしだあゆみ、渡辺美佐子

『幸福』
一九八〇年（TBS）
出演・フランキー堺、杉浦直樹、吉村実子、岸本加世子

『続あ・うん』
一九八一年（NHK）
出演・竹脇無我、岸本加世子、岸恵子、中田喜子

『蛇蠍のごとく』
一九八一年（NHK）
出演・フランキー堺、杉浦直樹、吉村実子、岸本加世子
出演・小林桂樹、加藤治子、池上季実子

『隣りの女――現代西鶴物語』　一九八一年（ＴＢＳ）
出演・桃井かおり、林隆三、浅丘ルリ子、根津甚八、火野正平

資料書籍一覧

脚本

『向田邦子TV作品集』全十一巻 一九八一〜八八年（大和書房）
『森繁の重役読本』一九九一年（ネスコ）
『TVガイド文庫 向田邦子シナリオ集』二〇一四年（ニュース企画、kindle版）

エッセイ

『父の詫び状』一九七八年（文藝春秋）
『眠る盃』一九七九年（講談社）
『無名仮名人名簿』一九八〇年（文藝春秋）
『霊長類ヒト科動物図鑑』一九八一年（文藝春秋）
『夜中の薔薇』一九八一年（講談社）
『女の人差し指』一九八二年（文藝春秋）

小説

『男どき女どき』一九八二年（新潮社）

『寺内貫太郎一家』一九七五年（サンケイ新聞社出版局）

『思い出トランプ』一九八〇年（新潮社）

『あ・うん』一九八一年（文藝春秋）

『隣りの女』一九八一年（文藝春秋）

『男どき女どき』一九八二年（新潮社）

対談集

『向田邦子全対談集』一九八二年（世界文化社）

『お茶をどうぞ――対談 向田邦子と16人』二〇一六年（河出書房新社）

その他

『向田邦子・映画の手帖――二十代の編集後記より』上野たま子・栗原敦編 一九九一年（徳間書店）

アンソロジー

『海苔と卵と朝めし――食いしん坊エッセイ傑作選』二〇一八年（河出書房新社）

『向田邦子の本棚』二〇一九年（河出書房新社）

『向田邦子ベスト・エッセイ』向田和子編、二〇二〇年（筑摩書房）

全集

『向田邦子全集』全三巻　一九八七年（文藝春秋）
『向田邦子全集〈新版〉』全十一巻・別巻二　二〇〇九～一〇年（文藝春秋）

関連書籍

相庭泰志構成『向田邦子をめぐる17の物語』二〇〇二年（KKベストセラーズ）
太田光『向田邦子の陽射し』二〇一一年（文藝春秋）
鴨下信一『名文探偵、向田邦子の謎を解く』二〇一一年（いそっぷ社）
久世光彦『触れもせで――向田邦子との二十年』一九九二年（講談社）
久世光彦『夢あたたかき――向田邦子との二十年』一九九五年（講談社）
小林竜雄『向田邦子の全ドラマ――謎をめぐる12章』一九九六年（徳間書店）
小林竜雄『向田邦子　最後の炎』一九九八年（読売新聞社）
佐怒賀三夫『向田邦子のかくれんぼ』二〇一一年（NHK出版）
菅沼定憲『片想い　向田邦子』二〇一三年（飛鳥新社）
平原日出夫『向田邦子のこころと仕事――父を恋ふる』一九九三年（小学館）
平原日出夫編著／実践女子大学・実践女子短期大学・公開市民講座『向田邦子・家族のいる風景』二〇〇〇年（清流出版）
文藝春秋編『文藝春秋臨時増刊号――向田邦子ふたたび』一九八三年（文藝春秋）

松田良一『向田邦子 心の風景』一九九六年（講談社）
向田和子『かけがえのない贈り物――ままやと姉・邦子』一九九四年（文藝春秋）
向田和子『向田邦子の青春』一九九九年（ネスコ）
向田和子『向田邦子の遺言』二〇〇一年（文藝春秋）
向田和子『向田邦子の恋文』二〇〇二年（新潮社）
山口瞳『木槿の花―男性自身17』一九八二年（新潮社）

本作品中、今日の観点からは差別的ととられかねない表現が散見しますが、作品自体のもつ文学性ならびに芸術性、また著者がすでに故人であるという事情に鑑《かんが》み、原文どおりとしました。

（新潮文庫編集部）

この作品は新潮文庫オリジナルである。

向田邦子著

寺内貫太郎一家

著者・向田邦子の父親をモデルに、口下手で怒りっぽいくせに涙もろい愛すべき日本の〈お父さん〉とその家族を描く処女長編小説。

向田邦子著

思い出トランプ

日常生活の中で、誰もがもっている狡さや弱さ、うしろめたさを人間を愛しむ眼で巧みに捉えた、直木賞受賞作など連作13編を収録。

向田邦子著

男どき女どき

どんな平凡な人生にも、心さわぐ時がある。その一瞬の輝きを描く最後の小説四編に、珠玉のエッセイを加えたラスト・メッセージ集。

向田和子著

向田邦子の恋文

邦子の急逝から二十年。妹・和子は遺品から、若き姉の〝秘め事〟を知る。邦子の手紙と和子の追想から蘇る、遠い日の恋の素顔。

阿川佐和子著

オドオドの頃を過ぎても

大胆に見えて実はとんでもない小心者。そんなサワコの素顔が覗くインタビューと書評に、幼い日の想いも加えた瑞々しいエッセイ集。

阿川佐和子著

残るは食欲

季節外れのローストチキン。深夜に食すホヤ。とりあえずのビール……。食欲全開、今日も幸せ。食欲こそが人生だ。極上の食エッセイ。

有吉佐和子著

紀ノ川

小さな流れを呑みこんで大きな川となる紀ノ川に託して、明治・大正・昭和の三代にわたる女の系譜を、和歌山の素封家を舞台に辿る。

有吉佐和子著

悪女について

醜聞にまみれて死んだ美貌の女実業家富小路公子。男社会を逆手にとって、しかも男たちを魅了しながら豪奢に悪を愉しんだ女の一生。

有吉佐和子著

華岡青洲の妻

女流文学賞受賞

世界最初の麻酔による外科手術――人体実験に進んで身を捧げる嫁姑のすさまじい愛の葛藤……江戸時代の世界的外科医の生涯を描く。

有吉佐和子著

鬼怒川

鬼怒川のほとりにある絹の里・結城。戦争の傷跡を背負いながら、精一杯たくましく生きた貧農の娘・チヨの激動の生涯を描いた長編。

有吉佐和子著

複合汚染

多数の毒性物質の複合による人体への影響は現代科学でも解明できない。丹念な取材によって危機を訴え、読者を震駭させた問題の書。

有吉佐和子著

恍惚の人

老いて永生きすることは幸福か？　日本の老人福祉政策はこれでよいのか？　誰もが迎える〈老い〉を直視し、様々な問題を投げかける。

江國香織著
きらきらひかる
二人は全てを許し合って結婚した、筈だった……。妻はアル中、夫はホモ。セックスレスの奇妙な新婚夫婦を軸に描く、素敵な愛の物語。

江國香織著
こうばしい日々
坪田譲治文学賞受賞
恋に遊びに、ぼくはけっこう忙しい。11歳の男の子の日常を綴った表題作など、ピュアで素敵なボーイズ&ガールズを描く中編二編。

江國香織著
つめたいよるに
愛犬の死の翌日、一人の少年と巡り合った女の子の不思議な一日を描く「デューク」、デビュー作「桃子」など、21編を収録した短編集。

江國香織著
ホリー・ガーデン
果歩と静枝は幼なじみ。二人はいつも一緒だった。30歳を目前にしたいまでも……。対照的な女性二人が織りなす、心洗われる長編小説。

江國香織著
流しのしたの骨
夜の散歩が習慣の19歳の私と、タイプの違う二人の姉、小さな弟、家族想いの両親。少し奇妙な家族の半年を描く、静かで心地よい物語。

江國香織著
すいかの匂い
バニラアイスの木べらの味、おはじきの音、すいかの匂い。無防備に心に織りこまれてしまった事ども。11人の少女の、夏の記憶の物語。

小川洋子著

薬指の標本

標本室で働くわたしが、彼にプレゼントされた靴はあまりにもぴったりで……。恋愛の痛みと恍惚を透明感漂う文章で描く珠玉の二篇。

小川洋子著

まぶた

15歳のわたしが男の部屋で感じる奇妙な視線の持ち主は？　現実と悪夢の間を揺れ動く不思議なリアリティで、読者の心をつかむ8編。

小川洋子著

博士の愛した数式

本屋大賞・読売文学賞受賞

80分しか記憶が続かない数学者と、家政婦とその息子——第1回本屋大賞に輝く、あまりに切なく暖かい奇跡の物語。待望の文庫化！

小川洋子著

海

「今は失われてしまった何か」への尽きない愛情を表す小川洋子の真髄。静謐で妖しく、ちょっと奇妙な七編。著者インタビュー併録。

小川洋子著

博士の本棚

『アンネの日記』に触発され作家を志した著者の、本への愛情がひしひしと伝わるエッセイ集。他に『博士の愛した数式』誕生秘話等。

小川洋子
河合隼雄著

生きるとは、自分の物語をつくること

『博士の愛した数式』の主人公たちのように、臨床心理学者と作家に「魂のルート」が開かれた。奇跡のように実現した、最後の対話。

川上弘美著

おめでとう

忘れないでいよう。今のことを。今までのことを。これからのことを――ぽっかり明るくしんしん切ない、よるべない十二の恋の物語。

川上弘美著

ニシノユキヒコの恋と冒険

姿よしセックスよし、女性には優しくこまめ。なのに必ず去られる。真実の愛を求めさまよった男ニシノのおかしくも切ないその人生。

川上弘美著

センセイの鞄

谷崎潤一郎賞受賞

独り暮らしのツキコさんと年の離れたセンセイの、あわあわと、色濃く流れる日々。あらゆる世代の共感を呼んだ川上文学の代表作。

川上弘美著

古道具 中野商店

てのひらのぬくみを宿すなつかしい品々。小さな古道具店を舞台に、年の離れた4人のもどかしい恋と幸福な日常をえがく傑作長編。

川上弘美著

なんとなくな日々

夜更けに微かに鳴く冷蔵庫に心を寄せ、蜜柑の手触りに暖かな冬を思う。ながれゆく毎日をゆたかに描いた気分ほとびるエッセイ集。

川上弘美著

どこから行っても遠い町

二人の男が同居する魚屋のビル。屋上には、かたつむり型の小屋――。小さな町の人々の日々に、愛すべき人生を映し出す傑作小説。

少《すこ》しぐらいの嘘《うそ》は大《おお》目《め》に

向田邦子の言葉

新潮文庫　む－3－21

令和三年四月一日発行
令和三年十月二十五日七刷

著者　向《むこう》田《だ》邦《くに》子《こ》
編者　碓《うす》井《い》広《ひろ》義《よし》
発行者　佐藤隆信
発行所　株式会社新潮社
郵便番号　一六二―八七一一
東京都新宿区矢来町七一
電話　編集部(〇三)三二六六―五四四〇
読者係(〇三)三二六六―五一一一
https://www.shinchosha.co.jp

価格はカバーに表示してあります。

乱丁・落丁本は、ご面倒ですが小社読者係宛ご送付ください。送料小社負担にてお取替えいたします。

印刷・株式会社光邦　製本・株式会社大進堂

ISBN978-4-10-129413-1 C0195